ALIDAD SHIRI

VIA DALLA PAZZA GUERRA

UN RAGAZZO IN FUGA DALL'AFGHANISTAN

HarperCollins

ISBN 979-12-5985-031-7

Prima edizione HarperCollins
novembre 2021

Edizione rivista, aggiornata e corretta, basata su
Via dalla pazza guerra. Un ragazzo in fuga dall'Afghanistan
pubblicato nel 2007 da Il Margine.

Cartine: © Marta Pantaleo
Adattamento grafico: Sara Signorini

Questa è una storia vera in cui gli avvenimenti e le esperienze descritti sono veri e sono stati riportati fedelmente come l'autore li ricorda o come gli sono stati riferiti da persone presenti ai fatti. In alcuni casi, tuttavia, i nomi e le caratteristiche che permetterebbero l'identificazione delle persone coinvolte sono stati cambiati per tutelare la loro privacy.

A tutti i bambini del mio Paese,
ma soprattutto alle bambine e ragazze,
perché abbiano la possibilità
di studiare.

Alidad Shiri è un giovane afghano che è passato dall'infanzia all'età adulta affrontando un percorso a dir poco accidentato, un viaggio spaventoso attraverso monti, città, mari, per approdare infine in Italia, in una società e una cultura a lui estranee, abbracciandole e facendosi abbracciare.

Oggi, giornalista e neolaureato in Filosofia politica all'università di Trento, è di fatto un italiano d'accento altoatesino, che vive a Bolzano e parla correntemente il tedesco.

Attraverso il suo racconto, limpido e commovente nella sua immediatezza, Alidad ci consegna una radiografia: lo scheletro della fuga solitaria di un ragazzino spinto a lasciare l'Afghanistan dilaniato dalla violenza; la perdita, giorno dopo giorno, di pezzi della sua famiglia, quasi fossero parti del suo corpo; il dissolversi della patria, il rarefarsi dei ricordi e poi, anno dopo anno, la ricostruzione, attorno a quell'ossatura, di una nuova vita.

Nuova casa, nuove madri, nuovi padri, nuovi fratelli.

La vita di Alidad si dipana attraverso l'annotazione di coloro che sono usciti di scena e di coloro che sono apparsi, ognuno portando un aiuto, un suggerimento, qualcosa da imparare, un'esperienza da condividere.

Oggi Alidad è un giovane uomo che ancora, come tanti suoi coetanei, non può progettare un agognato ritorno alla sua terra, ma dopo i tumultuosi eventi dell'agosto 2021 si prodiga ogni giorno con grande generosità per aiutare sia chi ha lasciato l'Afghanistan sia chi continua a fronteggiare un futuro incerto in quel Paese.

Le parole di Alidad Shiri sulla storia dell'Afghanistan, ma soprattutto quelle sull'integrazione dei rifugiati nei Paesi di accoglienza e sulle disparità fra uomini e donne presenti con diverse sfaccettature culturali e sociali in ogni parte del mondo, ci regalano un punto di vista originale, per nulla retorico, ci arricchiscono e ci permettono di seguire con maggiore consapevolezza le vicende di questa fase così turbolenta dell'umanità.

Filippo Grandi
Alto Commissario delle Nazioni Unite per i Rifugiati

Ho conosciuto Alidad nella primavera del 2015, durante una breve visita all'ONU a Ginevra, e in quell'occasione ha condiviso con me e i miei colleghi la sua storia.

Una storia emblematica del mondo in cui viviamo, soprattutto alla luce dei recenti sviluppi in Afghanistan. Un mondo in cui più di ottanta milioni di persone sono costrette a fuggire dal proprio Paese a causa delle guerre e dell'assenza del rispetto dei diritti umani.

Una storia attraversata da tante sofferenze e ingiustizie, ma caratterizzata anche da una determinazione sorprendente a trasformare quello che c'è di più negativo e inumano in un'esperienza di rinascita personale e in una missione per la protezione dei più deboli e degli invisibili.

La sua è una storia da scoprire e una voce da ascoltare, affinché si comprenda sempre di più l'importanza dell'accoglienza e dell'inclusione. Attraverso il racconto della sua esperienza Alidad ci suggerisce il potenziale nascosto nella dignità di ogni persona, compresi i tanti che non potranno mai raccontare la propria storia.

La narrativa realistica e sincera e lo sguardo intenso e lungimirante di Alidad hanno lasciato in me un segno indelebile sin da quel primo incontro, e questo libro rappresenta un tassello fondamentale all'interno di un importante progetto di integrazione e rispetto dei diritti a livello universale.

Gianni Magazzeni
Funzionario dell'Alto Commissariato delle Nazioni Unite
per i Diritti Umani

Via dalla pazza guerra

Bolzano, agosto 2021

Il mio cuore batte all'impazzata, singhiozzo così forte che mi manca il respiro e non riesco a controllarmi. È un dolore troppo grande che non immaginavo di riprovare dopo tanti anni.

Oggi la mia città, Ghazni, è stata occupata dai talebani. Di nuovo.

Avverto un forte senso di impotenza, non posso fare niente per difendere la mia terra e il mio popolo.

Cerco di controllare tutti i notiziari sperando che sia un brutto sogno, non la realtà. Scorro immagini terribili che i miei concittadini condividono sui social; leggo nei volti della gente che cerca di abbandonare la propria casa una paura angosciante: anziani, donne e bambini che scappano, i piccoli che piangono senza capire cosa succede, spaventati dalla disperazione degli adulti.

Fuggono in gran parte a piedi, reggendo sulla testa le poche cose che sono riusciti a raccogliere, mentre qualche macchina stracolma cerca di farsi largo tra la folla. Tutti loro sanno che cosa accade sotto il regime oppressivo dei talebani, l'hanno già vissuto vent'anni fa. Una vita da reclusi come in un carcere, senza libertà, senza diritti, senza poter lavorare né studiare, senza musica, senza cinema, e le donne non hanno nemmeno la possibilità di uscire di casa da sole, neanche nascoste sotto il *burqa*.

Fa male pensare che si stia tornando a quel sistema di non vita.

I giovani che in questi anni hanno studiato e si sono sacrificati per costruirsi un futuro non avrebbero mai immaginato di vedere crollare le proprie speranze all'improvviso. Hanno combattuto il fanatismo, il maschilismo e il tribalismo, e ora molti cercano di scappare, altri invece restano a combattere, anche a costo di perdere la vita, perché non vogliono rinunciare alle conquiste raggiunte con lacrime e sangue.

Sono molto scosso, non riesco a distogliere l'attenzione da quello che sta succedendo.

Il mio cellulare squilla: è un ragazzo che vive a Ghazni e studia Ingegneria elettronica; gli mancano solo due esami per laurearsi. Al telefono piange, il suo sogno sta per andare in fumo. Non so cosa rispondergli, mi mancano parole di consolazione. Mi chiede cosa si può fare. Sono distrutto perché non ho una risposta da dargli. Chiudo la comunicazione. Non riesco a dormire.

Due giorni dopo cade anche Kabul.

Ho il morale a terra, allora spengo telefono e computer ed esco. Per fortuna vicino a me ci sono un bosco e un piccolo lago di montagna, circondati da tanti sentieri; faccio una lunga corsa e quel paesaggio mi distende. Torno a casa, mi butto sul letto senza nemmeno farmi la doccia e crollo per la stanchezza.

Mi sveglio qualche ora dopo, riaccendo il cellullare

e sento arrivare diverse richieste di aiuto dal mio Paese: amici, attivisti, giornalisti, studenti, donne, uomini istruiti in difficoltà. Tra loro c'è anche mia cugina. Mi fa ricordare la mia città, la mia Ghazni, e il lungo viaggio che mi ha portato in Italia nel 2005 e che ho raccontato la prima volta quando avevo solo quindici anni.

Nel 2007 quel racconto è diventato un libro, che oggi, dopo tanti anni, sento il bisogno di riprendere in mano e di condividere di nuovo, perché la mia esperienza è simile a quella di tanti altri ragazzi e ragazze come me, che la stanno vivendo proprio in questi giorni..

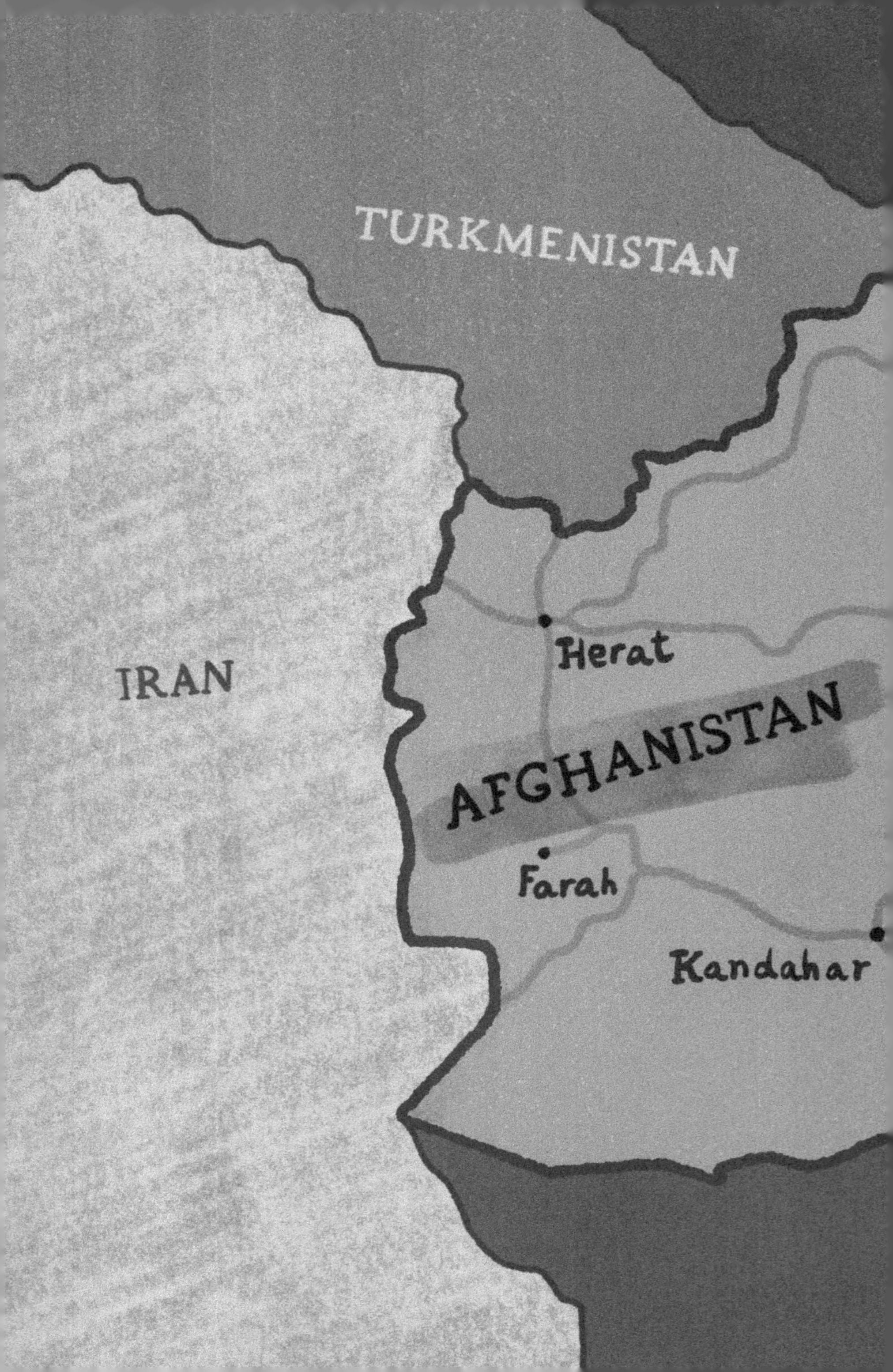
TURKMENISTAN
IRAN
Herat
AFGHANISTAN
Farah
Kandahar

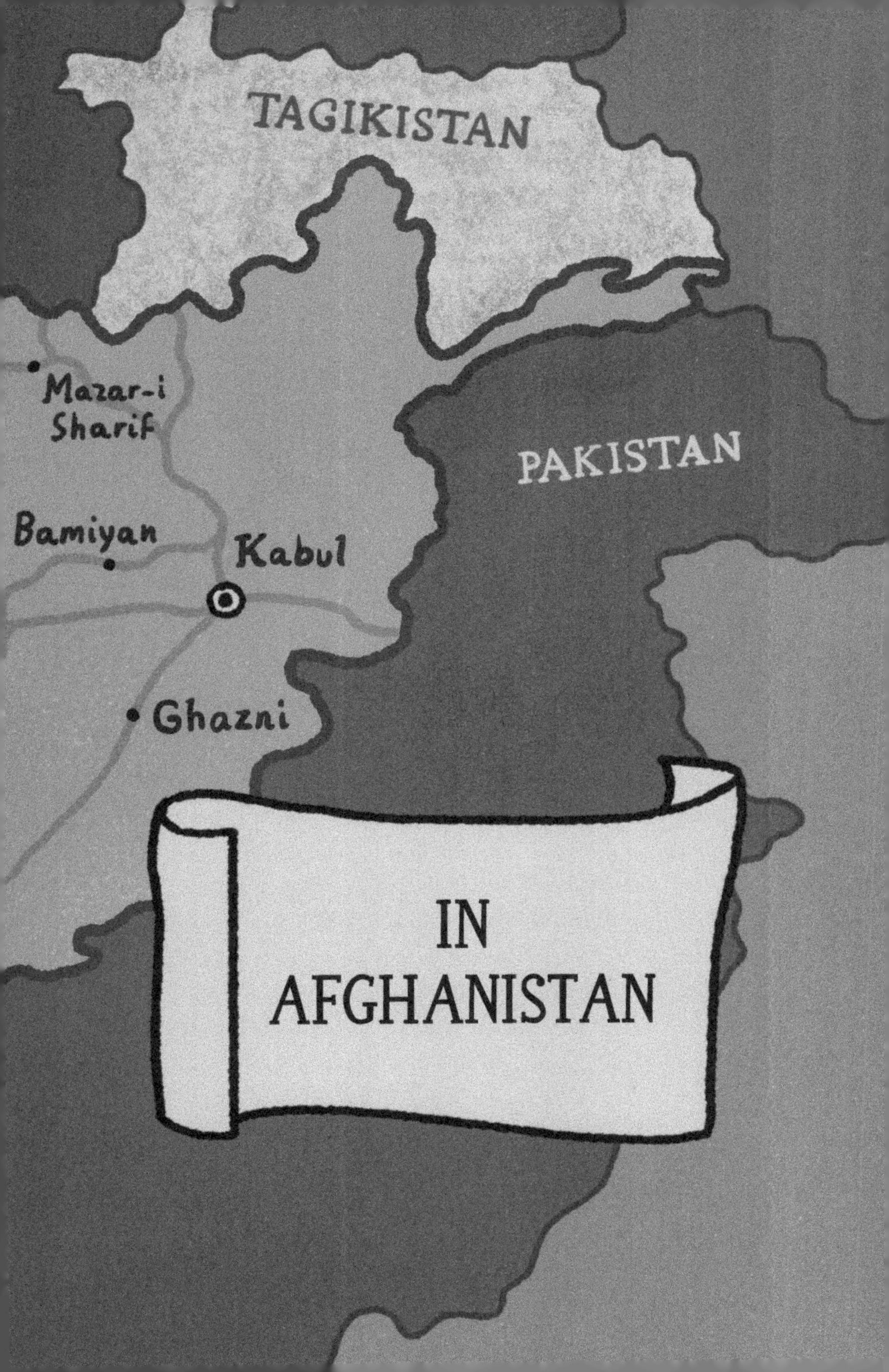
TAGIKISTAN
PAKISTAN
Mazar-i Sharif
Bamiyan
Kabul
Ghazni
IN AFGHANISTAN

Dove inizia la mia storia

Mi chiamo Alidad Shiri. Il mio nome vuol dire "dono di Alì". Il mio cognome, Shiri, indica l'abbondanza e la bontà del cibo. Vuol dire infatti: "tanto latte, molto dolce".

Sono cresciuto in Afghanistan e ho avuto un'infanzia piuttosto felice ma breve: avevo solo nove anni quando la guerra ha ucciso metà della mia famiglia e ho dovuto smettere di essere un bambino. Sono stato costretto a lasciare il mio Paese, che era diventato pericoloso per me, e sono partito per un lunghissimo viaggio che è durato anni. Spesso ho pensato di non farcela, perché più volte ho rischiato la vita. Mi capita sovente di raccontare la mia storia, che per certi versi è la stessa di moltissimi altri ragazzi. Ma andiamo con ordine.

Sono nato nel 1991 a Ghazni, capoluogo di una grande provincia nel Sud-Est dell'Afghanistan, e importante snodo di comunicazione tra Kabul, la capitale, e Kandahar, nel Sud del Paese.

Ghazni, dove sono cresciuto, è una città piuttosto grande, e in tutto il suo enorme distretto vivono quasi un milione e mezzo di persone.

La mia famiglia abitava in città, ma un po' fuori, in periferia. Amavo Ghazni, i miei occhi di bambino erano pieni dei suoi gloriosi monumenti: i minareti, il castello – dimora della corte imperale – e le tombe monumentali dei sultani più importanti. Ghazni ha una storia antichissima, è stata la capitale dell'Impero Persiano sotto il Sultano Mahmud Ghaznawi, che esattamente mille anni fa l'ha arricchita di cultura, filosofia e arte chiamando alla sua corte architetti, pittori, scultori, filosofi, letterati, matematici e astronomi. La sua importanza culturale è come quella di Firenze nel Rinascimento, ma secoli prima.

Ricordo estati caldissime, nonostante si trovi a duemila metri sul livello del mare, e inverni molto rigidi.

A Ghazni si vive soprattutto di commercio, mentre nelle campagne intorno alla città viene praticata l'agricoltura. Si coltivano albicocche, meli, mandorli, e c'è una grande produzione di fagioli, carote, patate, grano. Di questi prodotti, che servono non solo per la sussistenza delle famiglie ma anche per il commercio, vive la maggior parte della popolazione. La provincia, inoltre, è ricca di minerali preziosi: ci sono riserve di litio, oro bianco, argento, bronzo, carbone, sale e marmo pregiato.

La mia vita si svolgeva soprattutto per le strade del nostro quartiere, perché Ghazni è organizzata in rioni abitati dalle diverse etnie: c'è quello degli hazara, come me, quello dei tagiki, dei pashtun, e anche quello della minoranza sikh.

Al centro della città si trovava il bazar, frequentato da una concentrazione di gruppi diversi e da molte persone che arrivano per motivi di lavoro dai distretti circostanti e che convivono.

Pur vivendo lontano dal centro, ogni tanto mio papà mi portava in città con la sua auto e mi comperava qualcosa: dolci, o scarpe nuove, o un vestito.

Il mio papà

Il mio papà si chiamava Alimadat, che vuol dire "Alì che aiuta". Non era molto alto, aveva barba e baffi. Parlava tanto, ma prima di parlare pensava. Aveva studiato Giurisprudenza e si era laureato.

Mia nonna e mia mamma mi hanno raccontato tante cose di lui, dopo la sua morte. E quando anche loro morirono sotto le bombe, fu mia zia a parlarmi di lui. Ma ho tanti bei ricordi anch'io di quando ero bambino, e raccontando la mia storia mi vengono in mente, un po' alla volta.

Mio padre studiava per migliorare la sua posizione. Lo studio gli piaceva molto e mi aiutava a fare i compiti. Mi ripeteva sempre che dovevo studiare, che non dovevo vivere come un fannullone, ma impegnarmi per diventare qualcuno. Me lo diceva soprattutto quando andavo a giocare invece di fare i compiti, e qualche volta per questo mi tirava le orecchie. Inoltre non voleva che giocassi a freccette, perché poteva finire a botte.

Ricordo anche i giorni in cui andavamo con tutta la famiglia a fare qualche gita nelle altre città, o a trovare i parenti. Lui parlava, spiegava quello che c'era intorno, ma io non capivo tutto perché ero piccolo. Gli piaceva quando stavamo insieme a mangiare.

Il papà aveva molti libri che teneva in un armadio. Qualche volta li guardavo anch'io assieme a lui.

C'erano testi di storia, di religione, di politica; c'era anche un atlante di geografia, ma non era grande come quelli che ci sono qui. Anche io avevo i miei libri da leggere: principalmente raccolte di storie per bambini.

Papà aveva sempre tanto da fare, stava via di casa anche per molti giorni, e quando ritornava eravamo felici.

Gli hazara

La nostra famiglia appartiene agli hazara, una minoranza etnica dell'Afghanistan che ha sempre subìto oppressioni e persecuzioni da parte dei pashtun, il gruppo di maggioranza, e poi anche dei talebani.

Gli hazara hanno origini orientali e si distinguono dagli altri afghani per alcune caratteristiche fisiche, come per esempio gli occhi a mandorla. Sono molto orgogliosi delle loro tradizioni e noi bambini ascoltavamo dagli adulti, in famiglia, alla moschea o a scuola, tante storie e leggende sul nostro popolo.

Gli hazara sono musulmani sciiti e rappresentano il 22% circa degli afghani, mentre i pashtun sono musulmani sunniti e sono circa il 39% della popolazione. Gli altri afghani sono soprattutto tagiki.

La maggior parte degli hazara parla la lingua dari, che è un dialetto della lingua persiana, il farsi, parlato anche da altri gruppi. In Afghanistan le lingue ufficiali sono due, il dari e il pashto, e io e i miei fratelli le studiavamo tutte e due a scuola fin dalla prima classe. Il resto della popolazione parla lingue di origine turca, come l'uzbeko e il paluchi.

Gli hazara hanno un partito che si chiama Hizb-e-

Wahdat, che vuole dire "partito dell'unità", pronto a difenderli con le armi contro le persecuzioni dei talebani e degli altri.

Guerre

Mio papà lavorava nell'esercito del partito Wahdat ed essendo uno dei comandanti faceva parte del governo della città quando il suo gruppo era al potere.

Il suo incarico era pericoloso, perché si sapeva che gli avversari lo potevano uccidere.

Spesso quando tornava a casa o quando andava al lavoro era accompagnato dalla scorta.

A volte si vestiva da militare, a volte come gli altri uomini, cioè con una tunica sopra i pantaloni e in testa un copricapo bianco. Certi giorni indossava un copricapo più grande, colorato, e in occasione delle feste importanti il turbante. In inverno si metteva sulle spalle un grande scialle, mentre in estate portava un gilè.

Anch'io indossavo una tunica sopra i pantaloni, ma solo qualche volta portavo il copricapo bianco: d'estate, per esempio, non lo sopportavo.

Mio padre aveva una pistola francese. Qualche volta l'ho presa in mano anch'io, ma non ho mai sparato anche se andavo a vederlo mentre si esercitava al tiro a segno. Era molto bravo.

C'erano continue guerre in Afghanistan, intervallate da periodi di pace e di tranquillità, durante i quali potevo andare in giro con lui e visitare le altre città.

La mamma e la nonna mi spiegavano quello che stava accadendo, ma noi bambini imparavamo tante cose anche dai ragazzi più grandi e dagli adulti, quando andavamo alla moschea o quando passavamo il tempo insieme, chiacchierando o giocando.

Tutti i giorni si parlava di cosa succedeva nel nostro Paese, della guerra, degli scontri che erano avvenuti in quei giorni, degli sciiti, dei partiti, dei gruppi avversari degli hazara. Anche noi bambini conoscevamo i nomi dei partiti, dei comandanti, dei luoghi dove avvenivano gli scontri e sapevamo cosa stava accadendo agli sciiti nei Paesi vicini. Ci siamo sempre dovuti difendere fin dai secoli passati: in quanto hazara, eravamo perseguitati, cacciati dalle nostre case, uccisi o portati via come schiavi e non avevamo gli stessi diritti degli altri afghani. Gli anziani e gli adulti ci raccontavano sempre delle vecchie storie su questi avvenimenti.

Quando le truppe dei partiti avversari bombardarono Ghazni, il mio papà fu costretto a nascondersi e ad andare a vivere da un'altra parte, perché temeva di essere catturato e ucciso.

Allora gli avversari vennero a perquisire la nostra casa. Mia nonna (la mamma del papà) pregò il capo di uno di questi partiti avversari di lasciar tornare a casa mio padre, perché già il nonno era finito prigioniero in Russia durante la guerra dell'Unione Sovietica contro l'Afghanistan e poi non se ne era più saputo nulla, e lei non voleva che questo accadesse anche a suo figlio.

Molte volte la nonna e la zia (la sorella del papà) avevano detto a mio padre di lasciare l'esercito del partito perché era troppo pericoloso, ma lui non le ascoltava. Dopo un po' di tempo, quelli del partito avversario accettarono di farlo tornare, a patto che rimanesse neutrale e non partecipasse più alle attività militari del suo gruppo.

Così una notte mio padre rientrò a casa. Noi eravamo strafelici, ma pochi giorni dopo scappò un'altra volta, per andare a combattere.

Durante una battaglia in una località vicino a Ghazni venne ucciso un nostro vicino che apparteneva a un partito avversario, e la sua famiglia accusò mio padre di essere responsabile della sua morte, anche se a quella battaglia avevano partecipato centinaia di persone e non si poteva sapere chi lo avesse ucciso. In seguito, il partito di quell'uomo si sarebbe unito ai talebani.

La mia mamma

La mia mamma si chiamava Zabina, che è il nome di un fiore. Era alta e bella, e aveva un neo sulla guancia.

Lavorava sempre a casa: la mattina cuoceva il pane, ogni giorno, e poi faceva tutti i mestieri di casa. Mio papà portava sempre tante persone a mangiare da noi: povera la mamma che doveva faticare tanto e lavare tutti quei piatti!

Mi voleva bene e quando ero stato bravo andava a comperarmi qualcosa, di solito un dolce. A differenza di papà, risparmiava molto, e quando le chiedevo di comprarmi qualcosa che mi attirava, soprattutto caramelle, qualche volta mi diceva di no.

A volte mi comportavo male, come quando tirai un sasso alla finestra rompendo il vetro per protestare perché era pronto il pranzo e lei mi chiamava a tavola, ma io volevo continuare a giocare. La mamma mi diede una sberla e io andai dalla nonna, che mi proteggeva sempre e prendeva le mie difese anche quando avevo torto.

Spesso la mamma e la nonna mi raccontavano storie della nostra famiglia e favole.

Come le altre donne, sopra i pantaloni lunghi fino alle caviglie e il vestito, che si allargava fino alle ginocchia, indossava un lungo velo che la copriva dalla testa ai piedi. Metteva il *burqa* per nascondere il viso solo quando andava in altre città dove comandavano i talebani, i quali obbligavano le donne a coprirsi completamente quando uscivano di casa.

Aveva alcuni *burqa* di colori diversi, e ricordo che ne indossò uno quando andammo nell'Helmand, una provincia nell'Afghanistan del Sud, dove il nonno aveva una casa e anche un terreno. In quella zona se una donna non portava il *burqa* rischiava di essere bastonata, e con lei il marito. Anche il papà quella volta aveva dovuto tagliarsi i capelli e farsi crescere la barba. Lo ricordo benissimo: avevo circa sette anni.

La mamma aveva un fratello che insegnava inglese e viveva in un'altra città, tra le montagne, con la sua famiglia. Mamma e papà andavano ogni tanto a trovarlo, ma io non ci andavo quasi mai perché la strada era proprio brutta, piena di buche e curve, e mi faceva venire la nausea. Non ho mai conosciuto i genitori di mia madre: forse sono morti prima che nascessi.

Mio fratello e le mie sorelle

Avevo due sorelle, una più grande e una più piccola di me, e un fratello maggiore. Ricordo che qualche volta litigavamo per gelosia quando ricevevamo dei regali.

Mio fratello si chiama Arif e ha quattro anni più di me. Era molto bravo a scuola. Aveva altri amici con i quali arrivava in classe prima di me perché io dormivo più a lungo e per arrivare in tempo dovevo sempre correre. Dopo le lezioni mi fermavo a giocare per un po' davanti alla scuola. A casa mio fratello mi aiutava a fare i compiti di matematica. Adesso è tornato a Quetta dalla zia, ma è stato alcuni anni a Dubai, negli Emirati Arabi Uniti, a lavorare.

La mia sorella piccola si chiamava Golgian. È il nome di un fiore.

Ricordo che per lei, una volta, si è fatta una grande festa, e c'era tanta gente nella casa. Come in altre occasioni simili, gli uomini sparavano in aria con i kalashnikov. Ricordo anche che Golgian giocava sempre e aveva il viso rotondo. Era una bambina allegra e felice. Rideva molto.

Mia sorella maggiore si chiama Malika Giamila ed è sempre andata alla scuola coranica. Le piaceva stare con le altre bambine. In Afghanistan le ragazze non hanno tanti giochi: passano il tempo libero a ricamare bei disegni sulle tuniche, sui vestiti e soprattutto sul *chador*, il grande fazzoletto con cui le donne musulmane si coprono i capelli, e aiutano nei lavori di casa. Malika Giamila mi aiutava nei compiti di lingua.

La nonna

La nonna paterna si chiamava Achmila e viveva con noi. Ricordo che era alta. Andava nella nostra campagna a sorvegliare il lavoro che mio padre aveva affidato a un contadino. Confezionava a mano i maglioni di lana e i guanti per l'inverno, e faceva anche i tappeti col telaio.

Le piaceva mangiare il riso col pollo. Portava le nostre pecore al pascolo; ne avevamo sette o otto. Le mungeva e con il latte faceva lo yogurt, il latticello e il burro che mangiavamo a colazione.

In famiglia era la persona con cui parlavo di più.

Aveva tanti ricordi e mi raccontava le storie della nostra famiglia, del papà e del nonno Nagip che era stato ufficiale dell'esercito nella guerra contro l'Unione Sovietica, dalla quale non era più tornato.

La nonna non aveva più avuto sue notizie. C'erano giorni in cui si illudeva di poterlo rivedere, altri in cui era convinta che fosse morto. In Afghanistan c'era una tradizione amata soprattutto dai bambini: quando arrivava una buona notizia ricevevano un regalo. A volte qualcuno di loro andava a dirle che il nonno era stato visto in una città vicina, e lei piangeva di gioia, ma purtroppo presto arrivava la delusione.

Prima di addormentarmi mi lasciavo coccolare dalla nonna, appoggiavo il mio capo su di lei che mi accarezzava e mi raccontava le storie.

Una sera mi raccontò che una volta erano arrivati dalla Russia degli aerei a bombardare anche la nostra città e si sentivano sempre rumori di armi, di giorno i kalashnikov e di notte i cannoni.

Mi raccontava anche tante favole di animali. Ne ricordo una in particolare: la storia della capra.

La storia della capra

C'era una volta una capra che aveva tre capretti. Un giorno, dovendoli lasciare soli per un po', disse: «Mentre sono via non aprite la porta a nessuno. Quando ritornerò batterò un colpo, e allora saprete che sono io!».

Ma arrivò il lupo che bussò un colpo alla porta e disse di essere Mamma Capra. Loro aprirono e il lupo li mangiò tutti e tre in un solo boccone.

Quando Mamma Capra tornò a casa e non vide più i suoi capretti andò alla tana del lupo e lo accusò dicendogli: «Sei stato tu a mangiare i miei tre capretti!». Il lupo rispose che non era stato lui, ma qualche altro animale, e allora i due animali si sfidarono.

Prima, però, tutti e due andarono separatamente dal fabbro per prepararsi al duello. Il fabbro parteggiava per la capra perché gli aveva dato il latte che gli piaceva molto. Così le levigò per bene i suoi cornetti, fino a che diventarono appuntiti come frecce. Al lupo, invece, che era arrivato portando un sacco di sabbia per farsi affilare i denti, li estrasse e li sostituì con della stoffa.

Cominciò il duello. Il lupo, con la sua solita prepotenza, si attribuì il primo colpo, ma non sapendo di non avere più i denti tentò invano di azzannare la capra. Questa invece gli infilzò i cornetti belli appuntiti nella pancia. Il lupo morì e così dalla sua pancia uscirono i tre capretti, vivi. Io mi addormentavo sempre cullato dalle favole della nonna.

Amma Hava

Amma (che significa "zia" in lingua farsi) Hava, sorella di mio papà, aveva tante pecore. Abitava ad alcuni chilometri da noi con suo marito Ostali e i loro tre figli, due maschi e una femmina. Il più grande aveva un anno più di me e adesso vive e lavora in Australia.

Quando andavamo a trovare la zia io giocavo spesso con i miei cugini. Il marito della zia (noi lo chiamiamo così, non lo chiamiamo zio) aveva un negozio di apparecchiature elettriche in città, a Ghazni, e per questo pagava un pastore che badasse alle pecore. Riparava e vendeva radio, tv, registratori, lettori dvd. Ho imparato molte cose da lui aiutandolo poi in negozio.

Alla morte dei nostri genitori, *amma* Hava e suo marito Ostali mi hanno accolto, con mio fratello e mia sorella, nella loro casa.

Ci hanno sempre aiutato e io voglio bene alla *amma* come fosse la mia mamma. Anche adesso ogni tanto ci sentiamo al telefono.

La nostra casa

Avevamo una casa grande, bella, con tante stanze, ma a un solo piano. Le altre case erano simili alla nostra, anche se più piccole, sempre di un piano. In altri quartieri della città, invece, specialmente in centro, c'erano anche case di due o tre piani.

Vivevamo in uno dei quartieri di periferia, vicino alla montagna. Intorno alla nostra casa c'erano il cortile, il giardino con l'orto, e la stalla. Noi bambini giocavamo sempre nel cortile e d'estate, quando era molto caldo, si stava tutti lì anche a mangiare e a dormire, sotto una tettoia.

In inverno, quando faceva molto freddo, avevamo un sistema di riscaldamento che funzionava in questo modo: si accendeva il fuoco nel focolare, in cucina, dove si faceva da mangiare. Dall'altra parte del muro c'erano due stanze. Attraverso delle tubazioni sotterranee collegate al focolare, l'aria calda si diffondeva sotto i pavimenti e scaldava le stanze.

Avevamo anche un'altra cucina e un secondo focolare per accendere il fuoco e scaldare altre due stanze. Quando veniva tanta gente, oppure nelle giornate invernali più fredde, si usavano tutti e due i fuochi. In questa stagione si stava molto in casa; noi ragazzi però giocavamo fuori con la neve, ben coperti con maglioni, pantaloni e guanti di lana, fatti a mano dalla mamma e dalla nonna.

La stalla e la campagna

A mia nonna piaceva questo posto, anche se era lontano dal centro, perché poteva tenere le capre e le pecore: le custodiva volentieri e le portava a pascolare nella bella stagione sulla montagna vicina. Avevamo anche una gallina.

Di notte e d'inverno gli animali dormivano in una stalla dove c'erano una mangiatoia e una canaletta per l'acqua che aveva fatto fare mio papà.

La stalla per gli animali era vicino alla casa, dall'altra parte del cortile.

Più lontano, a circa mezz'ora di macchina, mio papà aveva anche un grande appezzamento di terra che faceva coltivare da Jamidar, un contadino giovane con la barba lunga.

Nella nostra campagna c'erano frumento, mais, patate, fagioli e alberi simili agli albicocchi, con frutti più verdi di quelli di qui, ma molto dolci. C'erano anche i *tut*, grappoli di bacche dolcissime simili ai nostri lamponi, di colore nero, bianco, rosso e rosa, che crescono fitti su veri e propri alberi e vengono raccolti in ampie ceste quando maturano. Il lavoro della raccolta è delicato, perché occorrono più persone: due che sostengano un telo sotto l'albero e una che da sopra colpisca con un bastone i rami facendo attenzione a non distruggere i frutti. Assomiglia alla raccolta manuale delle olive. Una piccola parte di questi frutti viene mangiata al raccolto, mentre tutti gli altri vengono messi a seccare per l'inverno o venduti.

Alcuni prodotti andavano al contadino, la maggior parte a noi.

Qualche volta portavamo il grano al mulino con la famiglia, così avevamo tanta farina con la quale la mamma faceva il pane ogni giorno.

La luce elettrica

A Ghazni la luce elettrica non funzionava come qui, ma c'erano tanti piccoli gruppi elettrogeni, uno per ogni quartiere, che illuminavano le abitazioni soltanto la sera, dalle 18.00 alle 21.00. In casa mia c'erano tante lampade a petrolio.

Per cucinare non si usava il gas, ma un caminetto dove si mettevano le pentole sul fuoco. Solo quando c'erano invitati si usava una piccola bombola a gas, simile a quelle che in Italia vengono utilizzate nei campeggi.

Non avevamo il frigorifero e ogni inverno si essiccava la carne per conservarla.

Non avevamo neanche la televisione: i talebani avevano eliminato molte antenne e nella nostra zona non si vedeva niente. Le notizie arrivavano dalla radio, soprattutto dall'Iran, e poi dalle trasmissioni della BBC dove parlavano in inglese, che qualcuno conosceva e poi traduceva per gli altri, come mio papà. Ma in certe ore la BBC trasmetteva anche in farsi, la lingua che si parla in Iran, e così tutti potevano capire dato che la nostra lingua, il dari, è un dialetto del farsi, come ho già detto.

Nei bar e nei ristoranti di Ghazni c'erano i televisori.

Anche noi ci andavamo qualche volta, ma si guardavano solo le videocassette o i dvd.

Non c'erano neanche i computer né i giornali.

Il cibo

Al mattino, per colazione, la mamma ci preparava il pane fatto da lei, il burro e il tè con tanto zucchero. A scuola mi portavo un pezzo di pane che mangiavo durante la pausa di metà mattina insieme a un po' d'acqua. Non si mangiava molto di giorno. Al ritorno da scuola facevamo un piccolo spuntino, a base di yogurt con pane, latte o latticello molto dolce.

La sera, invece, tra le sette e le otto, facevamo una cena abbondante, con riso e pollo, o altra carne: di agnello, di pecora o mucca, o di un uccello. Mi piacevano molto i kebab, che assomigliano alle polpette.

Mangiavamo illuminati dalla luce al neon, che si accendeva con un unico interruttore in tutta la casa ed era alimentata dall'energia elettrica prodotta dai piccoli generatori che c'erano in ogni quartiere.

Durante il mese del Ramadan – il periodo di digiuno che ogni fedele musulmano deve osservare dall'alba al tramonto, uno dei cinque pilastri dell'Islam – si faceva colazione la mattina molto presto, alle quattro, alla luce della lampada a petrolio.

Tutti i maschi dai quindici anni in su e le femmine dai nove anni dovevano rispettare il digiuno durante il giorno, secondo la regola dei musulmani sciiti.

Io ero piccolo e non ero tenuto a osservarlo, ma qualche volta, in particolare nei giorni di festa quando non dovevo andare a scuola, mi alzavo anch'io al mattino presto per fare colazione con gli altri della famiglia. Poi tornavo a letto.

La scuola

Ho frequentato quattro anni di scuola in Afghanistan.

Ricordo il mio primo giorno: era primavera, le strade, che percorrevamo a piedi, erano di nuovo praticabili, e io saltavo di qua e di là, felice, accompagnato per mano dalla nonna.

L'anno scolastico durava dall'inizio della primavera, subito dopo il Capodanno, che in Afghanistan si festeggia il 21 marzo, fino all'arrivo del freddo con l'autunno. Noi bambini del primo anno stavamo seduti per terra sotto un albero, con la lavagna appoggiata al tronco; solo il maestro aveva il privilegio di una sedia e scriveva alla lavagna quello che noi dovevamo trascrivere sui nostri quaderni. A mano a mano che il sole si spostava con il trascorrere delle ore, anche noi dovevamo cambiare posizione per rimanere all'ombra. Eravamo felici perché avevamo la possibilità di imparare e di studiare.

Il secondo anno è stato un po' più complicato, perché eravamo sotto un tendone che durante le ore più calde si surriscaldava. Quindi ogni venti minuti si faceva un po' di pausa per uscire a respirare e si aprivano le parti laterali per avere un po' di sollievo facendo corrente d'aria.

A mezzogiorno, finita la scuola, tornavamo a casa sotto il sole cocente e ci riparavamo la testa con un copricapo bianco, oppure con un libro o un quaderno. Questi primi anni di scuola sono impressi nella mia memoria come un periodo bello e gioioso.

In Afghanistan non c'è la scuola materna come in Italia. Si fanno dodici anni di scuola, alla fine dei quali si ottiene il diploma e ci si può iscrivere all'università dopo l'esame di ammissione. Tanti però non riescono a frequentare per più di sette, otto anni perché devono aiutare la famiglia. C'è chi va a scuola solo per due o tre anni e chi non ci va mai e non impara neanche a leggere e a scrivere. In Afghanistan ci sono tanti bambini e tanti ragazzi che lavorano: è considerato normale, perché devono aiutare le loro famiglie, oppure sono orfani e devono guadagnarsi da vivere.

Come ho detto, il mio papà apparteneva al partito Wahdat, che permetteva l'insegnamento di tutte le materie: matematica, geometria, scienze, storia, inglese. Altri partiti, come l'Islami, volevano invece che i bambini andassero soltanto alla scuola coranica, dove non si insegnavano queste materie. La scuola coranica era nella moschea, non molto lontano dalla nostra casa.

Invece l'altra scuola, dove andavo io, era più lontana, fuori città, e dovevo superare una collina per arrivarci. Non c'erano autobus, e dovevo affrontare ogni giorno un'ora di cammino all'andata e una al ritorno, spesso correndo per arrivare in tempo, perché per arrivare puntuali non bastava camminare.

Avevamo lezione cinque giorni alla settimana, dal sabato al mercoledì; giovedì e venerdì stavamo a casa perché il venerdì per i musulmani è il giorno dedicato al Signore, come la domenica per i cristiani.

L'orario andava dalle 8.00 alle 12.00 (o 13.00). Chi arrivava in ritardo veniva punito con delle bacchettate sulle mani. Anche a me è capitato qualche volta.

L'ultimo anno eravamo in 44 scolari nella mia classe, la quarta, tutti hazara, perché i bambini degli altri gruppi andavano nelle loro scuole.

Nello zainetto portavo i libri e i quaderni. Avevamo un solo maestro che insegnava tutte le materie, e un altro che ci insegnava religione e educazione morale.

C'era un tendone per ogni classe, e la nostra scuola sembrava un grande accampamento circondato da un muro. C'erano anche un campo di pallavolo e una piccola fontana. Le classi prime erano due, e una non aveva la tenda. Vicino ai tendoni si stava costruendo la nuova scuola in muratura, ma io non ho fatto in tempo a vederla perché sono andato via.

C'erano solo maschi. Le bambine potevano frequentare soltanto la scuola coranica.

Durante il percorso da casa mia a scuola mi capitava spesso di veder passare aerei che andavano a bombardare. Ho visto anche la mia città colpita dalle bombe. Qualche volta succedeva mentre ero a lezione, e allora pensavo: *Troverò i miei genitori ancora vivi?*

Per questo non era sempre facile stare attenti durante le lezioni. A volte capitava di tornare a casa e scoprire che un compagno di giochi non c'era più: era morto durante un bombardamento.

Sima Samar

La nostra scuola era stata fondata da Sima Samar. Mi ricordo di questa donna famosa perché è venuta due o tre volte in visita.

Tutte le classi erano nel piazzale, allineate, e lei fece un discorso su un palco. Ci disse di studiare, di comportarci bene, e poi passò in mezzo a noi regalando a ciascuno dei quaderni e delle penne.

Come ci avevano spiegato i nostri insegnanti, apparteneva al gruppo etnico hazara, era di religione musulmana sciita e aveva un sogno, studiare medicina a Kabul, ma aveva incontrato molte difficoltà per realizzarlo. A diciotto anni venne promessa sposa a un professore universitario di Kabul, così si trasferì nella capitale e poté iniziare gli studi come desiderava. Durante l'invasione dell'Afghanistan da parte dell'Armata Rossa, Sima ebbe un figlio, ma suo marito fu catturato dai russi e scomparve nel nulla. Questo particolare mi ha sempre colpito perché mi ricordava quello che era successo a mio nonno.

Nel periodo successivo, a Quetta, Sima Samar si scontrò con la dura realtà dei campi profughi: voleva rendersi utile e aiutare le altre donne afghane, ma scoprì che non esistevano ospedali per curarle. Prese così la decisione di creare una struttura sanitaria e scuole sia in Afghanistan che in Pakistan. Successivamente ampliò la propria attività organizzando corsi di formazione per infermiere e di pronto soccorso, programmi di vaccinazioni per i bambini, progetti di autofinanziamento per le donne, fornendo un mercato per i loro prodotti artigianali.

Quando i russi si ritirarono, tornò in Afghanistan e fondò l'associazione Shuhada, con la quale realizzò numerosi ospedali, scuole, orfanotrofi e villaggi per i poveri.

Fu ministra per gli Affari Femminili nel governo dell'Afghanistan, ma i fondamentalisti la cacciarono.

È stata per molti anni presidente della Commissione indipendente afghana per i diritti umani. Da sempre si batte perché le bambine e le donne abbiano gli stessi diritti dei bambini e degli uomini, e perché non ci siano violenze contro le persone più deboli, come i detenuti.

L'associazione di Sima Samar è conosciuta in tutto il mondo e tanti raccolgono soldi per aiutarla.

Ha lottato perché le bambine afghane frequentassero le stesse scuole dei bambini. Qualche volta ci riusciva, come succedeva per esempio nella nostra scuola, che pure era stata fondata da lei: le bambine non potevano venire perché i capi religiosi del posto non volevano.

Sima Samar è la donna più famosa dell'Afghanistan per il suo impegno in difesa degli hazara, dei diritti umani e delle donne. È molto amata, ma è anche molto odiata da una parte degli estremisti afghani.

Le materie scolastiche

A scuola ci insegnavano diverse materie, tra cui la storia dell'Afghanistan, specialmente quella antica che è molto importante. Nelle classi dei più grandi si facevano anche la storia dell'Iran e del Pakistan.

In geografia studiavamo l'Afghanistan, con le sue ventinove città principali, le province, i monti, i fiumi, i deserti, l'agricoltura, l'artigianato, il commercio. Dopo il quinto anno, anche il mondo. Ma io non sono arrivato a fare la quinta nel mio Paese.

Come ho detto prima, in Afghanistan le lingue ufficiali sono due: il dari e il pashto. A scuola le studiavamo tutte e due.

Il pashto, o afghano, è una lingua per noi hazara abbastanza difficile, nonostante abbia delle somiglianze con il dari. A scuola non lo studiavamo molto volentieri perché era la lingua del maggior gruppo etnico afghano, i pashtun, con cui noi hazara non andiamo d'accordo. Io so leggere il pashto, ma a scuola avevo un voto basso in questa materia. Noi non stavamo mai assieme ai pashtun, non giocavamo con loro.

Studiavamo anche letteratura, e ricordo che mi piaceva molto l'opera poetica di Ḥāfeẓ, un antico poeta persiano, che parla di amore e di vita.

Solo al settimo anno si cominciava a studiare inglese, quindi io non l'ho mai fatto in Afghanistan.

C'era anche matematica: mi piaceva moltissimo, era la mia materia preferita. Ero molto bravo a fare i calcoli. La geometria si cominciava in quinta. In scienze studiavamo le piante, gli animali, il sistema solare, la terra, i vulcani.

Inoltre facevamo disegno artistico, disegnavamo paesaggi, case, alberi, fiori, persone, oggetti e animali.

Poi c'era calligrafia, un'ora alla settimana. Imparavamo a scrivere bene e anche a disegnare delle lettere dell'alfabeto molto particolari. Mi hanno detto che una volta esisteva anche in Italia.

E non poteva mancare lo sport: facevamo karate, corsa, pallavolo, e uno sport simile al cricket che si chiama *tup-bazi* e si gioca colpendo una palla (un po' più piccola di quella da tennis) con un bastone di legno, rotondo all'impugnatura e piatto in cima.

Non giocavamo a calcio.

Facevamo due ore di religione alla settimana. Avevamo il nostro libro e imparavamo la storia della religione musulmana praticata dagli sciiti, studiavamo i luoghi delle grandi moschee, dove sono sepolti gli *imam*, cosa dovevamo fare nella moschea e i riti della preghiera.

Si parlava anche di Ibrahim (Abramo), Esmail (Ismaele), Esaak (Isacco). Qui in Italia ho saputo che questi personaggi ci sono anche nella Bibbia, ma in Afghanistan non avevo mai incontrato dei fedeli cristiani e non sapevo nemmeno che esistessero. Il maestro di religione ci insegnava anche educazione morale e comportamento, un'ora alla settimana. Io avevo dei bei voti anche in queste materie.

I miei amici si fidavano di me, mi stimavano perché andavo molto bene a scuola ed ero bravo anche a parlare. Ero il capoclasse: avevo l'incarico di occuparmi dei miei compagni quando non c'era l'insegnante, ma non era sempre facile: nemmeno io stavo molto tranquillo quando eravamo soli.

La mia pagella

I voti andavano dal massimo che è 100 al minimo che è 40, o 30, che equivaleva a un disastro perché bastava prendere 50 per essere bocciati.

Ogni anno c'erano due o tre bocciati in ogni classe, a volte anche quattro o cinque.

Le pagelle si ricevevano due volte all'anno e riportavano anche il posto che avevamo nella graduatoria della classe. Io ero sempre il più bravo e nella mia pagella, in fondo, dopo il punteggio totale, c'era scritto "Primo". I primi tre della classe venivano premiati a ogni pagella, quindi ho ricevuto molti regali: una borsa con quaderni, matite colorate, e così via. E quando portavo la pagella a casa per farla firmare a mio padre, i miei genitori erano sempre molto contenti e mi comperavano qualche piccolo dono.

Questa è la mia pagella di quarta:

Religione 100
Lingua dari 90
Matematica 100
Sport 100
Storia 98
Calligrafia 100

Disegno 100
Lingua pashto 70
Geografia 97
Scienze 95
Educazione morale e comportamento 100
TOTALE 1.050

La scuola coranica

In inverno, quando non potevo andare nella mia scuola perché c'era troppa neve ed era impossibile attraversare a piedi la collina, andavo alla scuola coranica nella moschea del nostro quartiere, di solito dalla fine di ottobre alla metà di marzo.

La mia sorella più grande, Malika Giamila, poteva frequentare solo quella, come accadeva a tutte le bambine nei territori controllati dagli estremisti, dai mujaheddin e successivamente dai talebani. Ma lei era più fortunata delle altre ragazze perché mio padre, a casa, le insegnava le altre materie, come matematica e scienze.

Stavamo a scuola tutto il giorno e ci portavamo qualcosa da mangiare.

Ricordo il primo giorno di scuola coranica: ero stato accompagnato dalla nonna che mi aveva preparato una grande focaccia tonda, che abbiamo mangiato tutti insieme.

Ricordo anche il giorno in cui è arrivata una nuova bambina: abbiamo fatto una festa, come era tradizione per dare il benvenuto ai nuovi arrivati.

Nel giardino, dopo la preghiera e il pranzo, si poteva giocare. La pausa di mezzogiorno era di due ore.

Nella scuola coranica il maestro era il *mullah*, un religioso che si è formato in scuole di teologia islamica, come i preti cattolici si formano nei seminari.

Noi stavamo seduti in cerchio nella moschea, tutti assieme, bambini e bambine. Eravamo quaranta, forse cinquanta.

Alla destra del *mullah* stava un bambino grande, alla sua sinistra uno piccolo.

Si cominciava in prima con l'alfabeto della lingua farsi, poi si imparavano le parole e le frasi. Quindi si leggevano i *Cinque libri*, testi per bambini che contengono storie, poesie e filastrocche. Ogni giorno ne leggevamo a scuola una pagina, che poi dovevamo studiare a memoria come compito a casa. Più avanti, dopo aver imparato bene a leggere e a scrivere, si studiavano i poemi di Ḥāfeẓ, che è il più famoso poeta persiano dell'antichità. Mi piaceva moltissimo e, anche se era difficile come Dante per gli italiani, mi affascinava. Successivamente si studiava il Corano. Il *mullah* ce lo spiegava con parole semplici, ce lo faceva leggere e adattava gli esempi alle diverse età. Non studiavamo le materie che invece si facevano nell'altra scuola.

I libri doveva comperarli la nostra famiglia, mentre quando andavamo nella scuola di Sima Samar ce li davano gratis. Però per andare alla scuola coranica non si doveva pagare, mentre nell'altra il papà pagava una certa somma ogni mese.

Alla scuola coranica non davano le pagelle.

La tavoletta di legno

Non c'era la lavagna e non si usavano i quaderni e le penne, nella scuola coranica, ma ognuno aveva una tavoletta di legno su cui scriveva.

Era di legno speciale e la faceva il falegname dal quale si andava a comperarla. A casa bisognava ungerla con grasso di pecora. Per scrivere usavamo una specie di penna di legno, appuntita, che intingevamo in una boccetta di inchiostro nero che portavamo da casa.

Il *mullah* ci chiamava uno alla volta e guardava se avevamo scritto giusto o sbagliato sulla nostra tavoletta. Ci faceva leggere e spiegare quello che avevamo scritto. Elogiava chi aveva scritto correttamente e letto bene, rimproverava e castigava quelli che avevano scritto o letto male.

Dopo che il *mullah* aveva visto la nostra tavoletta, uscivamo nel cortile dove c'era una piccola fontana. Mettevamo la tavoletta sotto l'acqua e così si cancellava quello che avevamo scritto. Dopo alcuni minuti la tavoletta era di nuovo asciutta. Potevo scrivere e cancellare due, tre volte al giorno. A casa la nonna lavava bene la tavoletta e la ungeva di nuovo ogni due o tre giorni.

Mentre il *mullah* interrogava un alunno, gli altri potevano anche chiacchierare, senza fare troppa confusione, altrimenti c'era il bastone. Se si esagerava c'era una punizione. Capitava ogni giorno a qualcuno. Anche chi non leggeva bene, o non si lavava o non si tagliava le unghie, veniva punito. Il *mullah*, a volte, gli metteva tra le dita dei bastoncini e gli stringeva la mano fino a fargli male.

Mia sorella andava sempre in questa scuola perché non poteva frequentare l'altra. Non studiava quindi le altre materie come invece facevo io quando, passato l'inverno, dopo le feste del nostro Capodanno, il 21 marzo, potevo ritornare nella scuola di Sima Samar al di là della collina. Allora il mio papà le insegnava le varie materie a casa, e anche mio fratello la aiutava perché era molto bravo a scuola.

La moschea

Tutte le sere prima di cena andavo alla moschea, dove si pregava e poi si stava con gli amici.

La moschea non è solo una chiesa, ma è anche un luogo di ritrovo dove si incontrano gli altri e a volte si fanno delle feste.

Il *mullah* guidava la preghiera.

Le preghiere, che noi conoscevamo bene, sono quelle dei musulmani sciiti.

In inverno dentro si poteva stare al caldo e allora ci andavamo più spesso e ci fermavamo più a lungo. Nella moschea noi bambini ascoltavamo i discorsi dei più grandi e imparavamo tantissime cose sulla storia del nostro Paese, sulle vicende politiche, i partiti, la guerra. Conoscevamo i nomi dei capi. C'erano sempre notizie nuove e anche noi venivamo informati su tutto quello che succedeva, anche se non avevamo la televisione.

Quando c'era una festa religiosa si preparava da mangiare nella moschea.

Ogni anno c'è una grande ricorrenza religiosa che si chiama Ashura e dura dieci giorni, durante i quali non andavamo a scuola. È la festa più importante degli sciiti perché ricorda il martirio di Hussein, nipote di Maometto.

Era una bellissima festa. Durante questo periodo, tutta la nostra famiglia andava alla moschea ogni sera dalle nove fino alle tre o anche alle quattro del mattino. C'erano uno o due *mullah* che raccontavano la storia degli sciiti e degli *imam* più importanti.

Si recitavano anche le preghiere e i giovani cantavano: a un solista, rispondeva il coro.

L'ultimo giorno veniva distribuito a tutti del tè con il latte. Si mangiava dentro la moschea, di solito carne con riso. Si svolgeva anche una processione per le vie della città, accompagnata da canti e tamburelli, durante la quale degli uomini e alcuni giovani si percuotevano e si flagellavano la testa e il corpo con catene e coltelli facendosi anche molto male.

Durante il periodo della festa di Ashura, la sera le famiglie invitano altre persone del quartiere a casa a mangiare, prima di andare tutti insieme alla moschea.

Il Corano

Il Corano contiene la dottrina comunicata agli uomini da Maometto, chiamato dai musulmani "il Messaggero di Dio", "il Profeta". Maometto aveva affermato che tale libro gli era stato rivelato da Dio stesso e che lui ne era l'intermediario.

Il Corano è costituito da 114 capitoli, detti "sure", divisi in 6219 versetti, detti "ayat".

Il motivo per cui è la base della dottrina islamica è che non contiene solo norme religiose, ma si occupa di tutto, anche della vita sociale, della politica e delle leggi. Dal punto di vista di un musulmano è una guida infallibile per qualsiasi comportamento e una regola per la vita pratica di ogni giorno, sia materiale che spirituale.

Ognuno in famiglia aveva la sua copia del Corano, o anche due: una grande da leggere in casa e una più piccola, da mettere in tasca quando si andava alla moschea o da portare in viaggio.

A casa gli adulti lo leggevano la mattina presto, prima del sorgere del sole. Quando non c'era scuola, il giovedì e il venerdì, la mamma però chiamava anche me: «Sveglia, sveglia, che devi leggere il Corano!». Leggevo per mezz'ora, un'ora, e poi tornavo a dormire.

I miei amici

Ricordo in particolare alcuni amici con cui ho giocato tanto e chiacchierato per la strada, quando si tornava insieme a piedi dalla scuola.

Aligiomà (che significa "dono di Alì nel venerdì"): era forte e anche bravo a parlare. Aveva un anno più di me. Quando tornavamo insieme da scuola mi raccontava sempre della sua famiglia. Suo papà era un tiranno: chiudeva tutto a chiave. Aveva un piccolo negozio di alimentari e contava i panini che potevano mangiare i figli. Aligiomà aveva tre fratelli e due sorelle. Ogni giorno veniva a casa mia e ricordo che aveva sempre appetito. Mi aiutava nei compiti perché era molto bravo.

Zain Allah: alto, aveva un fratello che si chiamava Taki (è un nome religioso degli sciiti), al quale, dopo che era stato ferito nella guerra contro l'Unità islamica, avevano dovuto amputare un piede. Per questo sua madre lo accompagnava ogni mattina alla scuola coranica, dove andavo anch'io insieme a lui e a suo fratello, e lo aspettava al pomeriggio alle quattro quando finivano le lezioni. Abbiamo potuto essere amici per poco tempo perché lui doveva dedicarsi molto al fratello. Era molto intelligente. Suo papà era contadino.

Abdullah: nella sua famiglia erano in nove fratelli, tutti maschi. Lui era molto forte ed era bravo nei giochi e negli sport. Abitava vicino a casa mia e andavamo a scuola assieme. Non ho più avuto sue notizie per parecchio tempo, ma poi ho saputo da un amico in Grecia che è emigrato in Norvegia, e ogni tanto ci sentiamo.

Ciaman Shiah ("erba che domina"): suo padre aveva un negozio di ferramenta dove vendeva piccole reti per proteggere le finestre dagli insetti. Non gli piaceva fare i compiti, andava sempre a giocare. Qualche volta veniva a casa mia. Ci arrampicavamo con una scaletta sul tetto della sua casa e giocavamo a freccette.

Aziz Allah ("caro a Dio"): di carnagione un po' scura, a scuola era bravo. Giocava poco con noi. Veniva due o tre volte alla settimana a casa mia, e allora parlavamo e giocavamo un po' insieme.

Tranne Abdullah e qualcun altro che è andato via, penso che gli altri siano ancora in Afghanistan.

I giochi

Ovviamente avevamo i nostri giochi preferiti. Ci piaceva soprattutto giocare a freccette, oppure scivolare sui pendii delle colline la mattina, quando la terra era coperta di brina o di neve. Per andare più veloci lisciavamo con un ferro rovente le nostre suole, e mia nonna mi rimproverava sempre perché diceva che così rovinavo le scarpe. Facevamo questo gioco mentre andavamo a scuola, oppure il giovedì o il venerdì quando era festa.

Qualche volta andavo anch'io a pascolare le pecore con la nonna, insieme ad altri amici, ma invece di badare agli animali giocavo con i miei compagni. Uno dei nostri giochi preferiti era quello di colpire con un sasso un obiettivo posto a cinquanta o anche cento metri di distanza: vinceva chi ci arrivava più vicino.

Anche quando litigavamo ci tiravamo i sassi. Una volta ho colpito in testa un amico e gli ho fatto un grosso bernoccolo, ma senza farlo sanguinare. Allora suo padre è venuto a lamentarsi dal mio, che mi ha rimproverato e tirato le orecchie.

In estate, nei momenti liberi o nei giorni festivi, andavamo qualche volta a fare il bagno e a giocare in una grande vasca piena d'acqua che serviva per irrigare la campagna di un contadino vicino alla nostra casa: era la nostra piscina.

Ogni tanto giocavamo anche con gli aquiloni, ma non di frequente: ci voleva il vento perché si alzassero, e costruirli era complicato, perché bisognava lavorare il filo in modo che potesse tagliare quello degli altri. Il gioco infatti non consisteva tanto nel preparare l'aquilone più bello e colorato e nel farlo volare: per vincere dovevi spezzare il filo degli altri, così potevi anche appropriarti del loro aquilone.

La neve

In inverno nevicava tantissimo: io e mio fratello spalavamo la neve e poi giocavamo a palle. Mi ricordo che una volta ne è caduta un metro e ottanta centimetri! A casa ci si scaldava con la legna della montagna che si comprava in città. Quando nevicava non potevano circolare le macchine. Per camminare e non sprofondare nella neve fresca legavamo sotto le scarpe delle assi un po' più lunghe del piede, come delle ciaspole rudimentali. A volte usavamo come slittini le tavolette di legno della scuola coranica perché scivolavano bene. Ma dovevo stare attento a non farmi vedere dalla nonna, altrimenti mi rimproverava.

In inverno si cuocevano i chicchi di grano che si mangiavano insieme alle noci, e si beveva tè nero.

Era un pasto molto buono. Indossavamo i maglioni di lana di pecora e i calzettoni di lana di tanti colori. Quasi tutte le famiglie che abitavano intorno a noi avevano in casa delle pecore.

Quando faceva freddo, mi rifugiavo nel negozio vicino a casa mia. Il padrone era un vecchio che si chiamava Sofianif. Lui metteva sotto il tavolo un recipiente di ferro con delle braci per scaldarsi i piedi e copriva il tavolo con una coperta. Andavo lì a scaldarmi i piedi, e lui mi raccontava sempre delle storie. Il mio papà lo conosceva bene. Io compravo qualcosa, quasi sempre caramelle *scirni* e i dolcissimi *tut*, e gli dicevo che avrebbe pagato papà, che passava nel negozio ogni settimana.

Le feste

Ricordo tante belle feste, che si tenevano in casa d'inverno, e sotto un grande tendone nel cortile in estate. Si mangiava carne con riso e pane, o riso con lo zafferano, e poi dolcetti con il tè.

Si facevano grandi feste per la nascita di un bambino, per i matrimoni dei parenti o dei vicini di casa e in occasione dei compleanni. Si festeggiava anche quando finiva il Ramadan e ci si invitava a cena tra famiglie. In queste occasioni venivano a trovarci amici e parenti: la casa era piena di gente e risuonava la musica della radio. Noi bambini giocavamo e i giovani ballavano sui ritmi tradizionali. Gli uomini e le donne si tingevano le mani, come è tradizione in Afghanistan. Gli uomini rimanevano a giocare a carte per tutta la notte, le donne e i bambini andavano invece a casa presto.

Durante certe feste gli uomini si sfidavano al tiro a segno con i fucili: è un gioco famoso che si faceva in campagna; tutti andavano a vedere, anch'io ci sono andato tante volte con i miei genitori. Si doveva colpire un bersaglio a trecento metri di distanza. Mio papà era molto bravo nel tiro a segno, soprattutto con la pistola.

In occasione dell'equinozio di primavera, quando iniziava il nuovo anno, si faceva una grande festa chiamata Nawruz, cioè del "giorno nuovo". Si stava tutti insieme in casa, e c'erano tanti tipi di fiori sul tavolo come augurio di felicità per tutti. Si invitavano i vicini.

Seguivano due settimane di festa in cui si stava all'aperto, tutti insieme. Finché c'è stato al potere il partito Wahdat siamo stati al sicuro, ma poi è diventato troppo pericoloso, perché gli estremisti non volevano feste, non volevano occasioni di gioia.

I matrimoni

Ricordo anche qualche festa di matrimonio. Secondo la tradizione gli sposi sono accompagnati da un corteo nuziale con tante persone a cavallo. Tutti indossano vestiti nuovi. I ragazzi grandi ricevono soldi dagli sposi e li scommettono sulle partite di pallavolo che vengono organizzate, mentre gli adulti festeggiano sparando in aria con i kalashnikov e sfidandosi al tiro a segno.

Sono i genitori dello sposo a scegliere la sposa. A volte ne parlano col figlio, a volte no, dipende dalla famiglia. A volte il matrimonio si fa per motivi economici, ma non sempre. La scelta della sposa da parte dei genitori avviene quando il figlio ha circa quindici anni programmando il matrimonio per qualche anno dopo.

Quando i genitori dello sposo hanno concordato con i genitori della sposa il matrimonio, la ragazza esce di casa con il *chador*, anche una volta sola, e tutti capiscono che è fidanzata. Il fidanzato ogni tanto va a trovarla a casa sua e, a Capodanno e nelle feste importanti, le porta dei regali: profumi, collane, scarpe nuove. Anche lui riceve qualche piccolo dono.

La festa di matrimonio si svolge nella casa della sposa, ma le spese sono a carico della famiglia dello sposo.

Quattro giorni prima della cerimonia la mamma dello sposo va nella casa della famiglia della futura moglie per vedere cosa bisogna acquistare, e rimane lì fino al giorno del matrimonio ad aiutare a preparare e organizzare la festa. La sera prima delle nozze lo sposo e tutti i suoi parenti vanno nella casa della sposa. Tutti si colorano un po' la punta delle dita e il palmo della mano. Mentre i due fidanzati parlano tra di loro, da soli, in una stanza, i genitori della sposa regalano a ogni parente dello sposo un bel fazzoletto ricamato dalle bambine con un'immagine floreale o il verso di una canzone.

Le statue del Buddha

Ogni due o tre mesi facevamo delle gite di un paio di giorni con tutta la famiglia per visitare le città dell'Afghanistan: abbiamo visto così le città di Herat,

Farah, Lashkar Gah, e soprattutto Bamiyan, non molto lontano da Kabul, ma in mezzo alle montagne: per arrivarci occorre percorrere una lunga strada tortuosa. Nella valle di Bamiyan ho visto le due enormi statue del Buddha scavate nella montagna: una alta cinquantatré metri, l'altra trentacinque!

Gli hazara considerano Bamiyan la propria capitale, perché si trova nella regione dello Hazarajat, dove gli hazara si insediarono tanti secoli fa quando arrivarono dall'Oriente. Pur non essendo buddhisti ma musulmani sciiti, erano i custodi della valle di Bamiyan e delle grandi statue del Buddha perché quella era stata la loro prima patria in Afghanistan. Per questo gli hazara che vivevano in Afghanistan dovevano andare a visitare Bamiyan e le statue del Buddha. Nella valle, sulla montagna, c'è una grande roccia che sembra un drago: secondo una leggenda, è stato ucciso da Alì, che sposò la figlia del profeta Maometto ed è venerato dagli sciiti. Alì uccise il drago liberando una fanciulla prigioniera.

Queste statue furono distrutte dai talebani con la dinamite e i cannoni. Era il 2001 e tutti gli hazara ne parlavano.

A Bamiyan c'era anche l'università degli hazara.

Mio papà ha studiato all'Università di Mazar-i Sharif, nel Nord dell'Afghanistan, al confine con l'Uzbekistan.

Non mi piaceva passare per le montagne: le strade erano piene di buche e di sassi e la macchina continuava a fare salti che mi facevano male alla schiena e a volte mi facevano venire il mal d'auto. Però era bello stare insieme e sentire le spiegazioni del papà su quello che vedevamo, anche se io ero piccolo. Mi piaceva specialmente andare a mangiare assieme al ristorante, cosa che non facevamo mai nella nostra città.

Quando sono saliti al potere gli islamisti abbiamo dovuto rinunciare a queste gite, perché erano diventate troppo rischiose.

La morte del babbo

Nonostante i pericoli, siamo stati bene in Afghanistan, finché la guerra, che già tanti anni prima ci aveva portato via il nonno, non ha distrutto la mia famiglia.

Mio papà è morto nell'estate del 1999 vicino a Ghazni per lo scoppio di una mina che era stata posta sulla strada mentre stava tornando a casa in macchina con la scorta. Io ero a casa con la famiglia; l'abbiamo saputo il giorno dopo. Ricordo che è venuta a casa molta gente a farci le condoglianze, i parenti e tante altre persone, e tutti piangevano.

Ho versato molte lacrime in quei giorni, così come la mamma e la nonna, che dicevano che la sua vita era sempre stata in pericolo.

Quando muore una persona, i parenti, gli amici e i conoscenti comperano un *chador*, uno per ogni famiglia, e il giorno del funerale, prima della cerimonia di sepoltura, lo mettono sulla salma che è avvolta in un lenzuolo bianco. Poi questi *chador* vengono venduti al mercato e il ricavato viene dato ai poveri.

Ricordo che ce n'erano tantissimi sopra la salma del babbo, prima del funerale.

I defunti vengono seppelliti sotto la terra, avvolti in un telo. Nei tre giorni successivi alla sepoltura ci sono tante visite. Si legge il Corano e si dà da mangiare agli ospiti.

Io non ho assistito alla sepoltura perché i bambini in genere non partecipano a questa parte del funerale, forse per evitare che rimanga un'immagine troppo triste nei loro ricordi.

La morte della mamma, di Golgian e della nonna

Alcuni mesi dopo, nel marzo del 2000, mia mamma, mia nonna e la mia sorellina di sei anni, Golgian, sono morte insieme mentre erano in casa, sotto un bombardamento dei talebani.

Io mi trovavo con mio fratello e mia sorella maggiore a casa della zia per festeggiare il compleanno di sua figlia. L'abitazione della zia è lontana dalla nostra, a un'ora circa di macchina, o tre ore a piedi lungo i sentieri.

È venuta una persona a dirci che c'era stato un bombardamento, che aveva distrutto tutto, che erano tutti morti. Siamo corsi a vedere: la nostra casa e altre sei abitazioni vicine erano state sventrate da due bombe. Era rimasta solo una parte della cucina. Non ci sono più tornato da allora; l'ho rivista solo una volta, tempo dopo, quando i fratelli del marito della zia la stavano ricostruendo. Adesso credo sia abitata da loro.

Mi è rimasto impresso il ricordo della grande stanza dove si facevano le feste, con il pavimento coperto di tappeti, materassi e cuscini variopinti e grandi vasi di piante e fiori alle finestre. Un giorno mi piacerebbe tornarci.

Perché?

Dopo il funerale sono andato a vivere da *amma* Hava, che aveva posto nella sua casa anche per me, per mio fratello e mia sorella. Insieme a lei c'erano il marito della zia, Ostali, e i loro tre figli, due maschi e una femmina. Il più grande, Alibaksh, aveva un anno più di me. L'altro, Habibullah, era piccolino, e mia cugina, Sairah, aveva due anni meno di me.

Per due mesi sono rimasto chiuso in casa. Non volevo più uscire, mangiavo poco. Il dolore mi stava facendo impazzire: era troppo forte, tutto era successo in così poco tempo. Avevo perso il papà, la mamma, la nonna, la mia sorellina. Non capivo più niente. Mi chiedevo: perché è successo questo? Parlavo solo con la zia, che cercava di consolarmi. Non volevo più andare a scuola e lei era molto arrabbiata per questo.

Per tutto il tempo che ho trascorso in Afghanistan con *amma* Hava, un anno circa, non sono mai andato a scuola. Allora lei mi faceva leggere delle storie, ma io non ne avevo voglia. Giravo da solo in casa, la aiutavo e giocavo un po' con i miei cugini.

In seguito mi sono fatto dei nuovi amici, con i quali andavo un po' in giro. Anche a qualcuno di loro erano morti il papà o la mamma oppure tutti e due.

Poi ho cominciato ad andare qualche volta con lo zio nel suo negozio di apparecchiature elettriche a Ghazni. Mi portava lì con la sua moto e mi faceva anche fare qualche giro. Ma a me non piaceva molto perché mi girava la testa e le strade erano sempre piene di buche.

La zia aveva molta campagna e molte pecore. Un pastore badava a loro e coltivava la terra. Era molto bello lì. C'erano angurie, pomodori, cavoli, patate, carote, cetrioli, zucche, insalata, cipolle e alberi di pere, mele e albicocche.

Lo zio scrollava gli alberi e io raccoglievo le albicocche.

Dopo due settimane che ci eravamo trasferiti dalla zia, mio fratello Arif è andato via da solo senza avvisare nessuno. Aveva solo quattordici anni. È emigrato prima in Pakistan, poi in Iran e quindi a Dubai, negli Emirati Arabi Uniti, dove è rimasto un po' di tempo a fare il meccanico, prima di tornare di nuovo dalla zia.

Talebani

Circa un anno dopo la morte della mamma, prima che i talebani arrivassero nella nostra zona, siamo emigrati in Pakistan con la zia e la sua famiglia, e ci siamo stabiliti nella città di Quetta: considerato il ruolo che mio padre aveva svolto nel partito avversario dei talebani, sarebbe stato troppo pericoloso per noi rimanere in Afghanistan, e la zia aveva paura che potessero vendicarsi.

Siamo partiti una notte assieme ad altre persone.

Un cognato della zia è rimasto a custodire la casa e a badare agli animali. Eravamo stipati in tre furgoncini che trasportavano ognuno dodici, tredici persone. Sul tetto erano stati legati tutti i bagagli, ma non abbiamo potuto portare con noi tanta roba.

Il viaggio fino al confine è stato difficile ed è durato due giorni interi: le strade erano piene di buche e si doveva viaggiare a bassissima velocità. In più, molte città erano presidiate dai talebani e quasi a ogni chilometro c'era un posto di blocco, dove dovevamo fermarci e pagare per superare i controlli.

A Kandahar la strada era stata chiusa con una sbarra. Ci hanno perquisito i bagagli per due ore, ma per fortuna alla fine non ci hanno preso niente.

La notte abbiamo dormito in una locanda a Kandahar e abbiamo mangiato le focacce che aveva preparato la zia.

Il giorno dopo abbiamo attraversato il confine con il Pakistan senza problemi e siamo arrivati a Quetta.

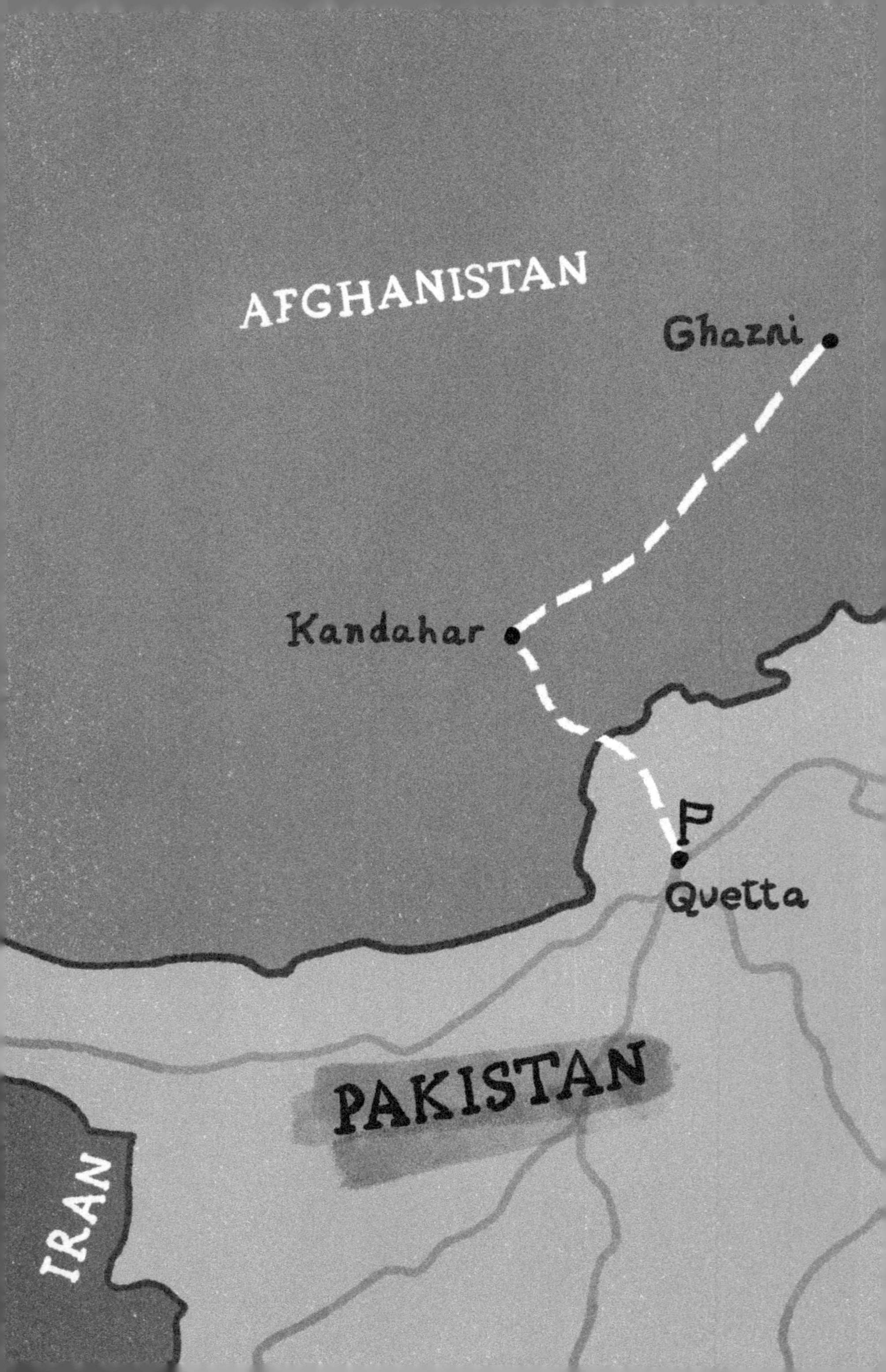

AFGHANISTAN
Ghazni
Kandahar
Quetta
PAKISTAN
IRAN

Kabul
Islamabad
IN
PAKISTAN
INDIA

Quetta

Arrivati a Quetta, inizialmente ci siamo sistemati in una locanda, poi abbiamo trovato una casa nel quartiere afghano degli hazara dove siamo andati a vivere tutti insieme.

Il marito della zia ha aperto subito un negozio di apparecchiature elettriche come quello che aveva a Ghazni. Era molto bravo. Riparava radio, televisori, ferri da stiro e anche computer, che prima di arrivare in Pakistan io non avevo mai visto.

Nelle prime settimane non volevo andare a scuola, ma la zia continuava a dirmi che era da troppo tempo che non ci andavo, che dovevo studiare e imparare un mestiere, altrimenti non avrei avuto un futuro.

Così ho ripreso a frequentare una scuola con ragazzi e ragazze che avevano dai dieci ai dodici anni.

Anche questa era una scuola di Sima Samar, fondata per i moltissimi profughi afghani di Quetta, ed era gratuita.

In questa scuola si parlava la lingua farsi, perché eravamo tutti hazara e tagiki e provenivamo da diverse province dell'Afghanistan. Era stata istituita per aiutarci e alfabetizzarci, nonostante lo Stato pachistano riconoscesse solo i titoli della scuola in lingua urdu.

Poiché non andavano d'accordo con i pashtun, gli hazara vivevano in quartieri separati da loro e frequentavano scuole diverse.

Noi non giocavamo mai con loro, e non avevo amici pashtun neanche in Pakistan. Ogni tanto litigavamo e ci prendevamo a sassate. A volte i pashtun cantavano una canzone per deridere gli hazara, e allora noi ci difendevamo insultandoli. Gli hazara non hanno paura, e anche se sono due contro cinque si difendono.

Ritorno a scuola

Le lezioni in Pakistan si tenevano in un edificio, non sotto un tendone come nella scuola in Afghanistan, e anziché sederci per terra avevamo banchi in legno e sedie.

Andavo a scuola con mio cugino Alibaksh. A Quetta ho frequentato la quinta classe e la sesta. Ricordo che nella sesta c'erano 23 alunni.

La matematica era sempre la mia materia preferita e in sesta ho iniziato a studiare anche geometria.

Per ogni materia avevamo un maestro diverso. Erano tutti afghani e tutti uomini, però nel pomeriggio, presso la scuola, c'erano corsi a pagamento di inglese e di informatica e tra gli insegnanti c'erano anche delle donne.

Non ho mai frequentato le lezioni pomeridiane perché in Pakistan non studiavo molto e nel pomeriggio preferivo aiutare lo zio in negozio o giocare con gli amici. Non ero più il primo della classe come in Afghanistan: a Quetta quando ci davano le pagelle ero il quarto.

Lezioni pratiche di elettrotecnica

Sapevo che se avessi imparato bene un mestiere avrei potuto trovare un lavoro. Per questo andavo volentieri ad aiutare lo zio in negozio, per imparare l'elettrotecnica. Andavo a comperare i pezzi di ricambio nei grandi negozi e nei magazzini, ero capace di smontare le radio e di aggiustarle, se il guasto non era complicato, e ho anche imparato a saldare, cosa che mi è tornata utile nella scuola superiore.

E poi giocavo molto con gli amici, soprattutto a calcio, il mio sport preferito. Mi piaceva stare in porta.

Ho potuto imparare anche un po' di urdu, la lingua che si parla in Pakistan. Imparavo guardando la televisione, i telegiornali, le partite di calcio, i film, soprattutto quelli indiani perché anche in India si parla l'urdu. Ma non parlavo quasi mai con i pachistani, perché non vanno tanto d'accordo con gli afghani e soprattutto perché a Quetta i pachistani erano sunniti mentre noi eravamo sciiti. Tra i due gruppi religiosi, che si sono formati quasi all'inizio dell'Islam, c'è sempre stata rivalità per motivi storici, un clima che anche i bambini respirano.

Karim e altri amici

A Quetta c'erano tanti bambini che erano rimasti soli o avevano perso i genitori ed erano stati affidati ai parenti, come me. Mi facevano pensare ai bambini che in Afghanistan vivevano per strada da soli, anche piccoli, vendendo fiori e gomme da masticare.

In Pakistan ho conosciuto nuovi amici. Innanzitutto Karim, anche lui hazara, che aveva un anno più di me e che nel pomeriggio frequentava il corso di inglese nella nostra scuola. Ci siamo conosciuti giocando. Lui al mattino frequentava la scuola in urdu, cioè quella pachistana. Voleva imparare bene l'inglese perché sperava di andare in Europa. I suoi genitori vivevano a Quetta con lui e non avevano problemi di soldi.

Poi ricordo Taki: aveva nove anni ed era anche lui un hazara. Veniva da Kabul e per un po', dopo la morte dei genitori, aveva vissuto con uno zio in Afghanistan, prima di scappare in Pakistan da solo seguendo un gruppo di profughi. Tanti bambini fanno così, ne ho conosciuti diversi anche io. Quando arrivano in Pakistan fanno diversi mestieri e dormono nel posto di lavoro. Lavorano nei ristoranti, tessono tappeti, verniciano le auto nelle officine meccaniche. Qualcuno va a scuola al mattino, e lavora il pomeriggio e la sera, qualcuno non va mai a scuola. Taki faceva il cameriere e il lavapiatti e dormiva nel ristorante dove lavorava. È diventato mio amico e ci incontravamo per giocare insieme. Anche lui, come me, sognava di andare via, perciò metteva da parte quasi tutto quello che guadagnava.

Parlavamo molto del viaggio che si doveva fare per arrivare in Europa: l'Iran, la Turchia, la Grecia e poi la nave. Era un argomento ricorrente tra bambini, giovani e adulti afghani.

Non c'era differenza tra piccoli e grandi, tutti sapevano le stesse cose. Si imparavano i percorsi, le difficoltà, si raccontavano le storie di chi era arrivato e di chi, invece, era stato costretto dalla polizia a tornare indietro. Si parlava di quanti soldi occorrevano per pagare i contrabbandieri e attraversare i confini. Quelli che erano arrivati in Europa telefonavano ai parenti in Pakistan e raccontavano come era andato il viaggio e come si viveva lì. Anch'io cominciavo a pensare al mio viaggio.

Tra i miei amici c'era anche Yunus. Era in classe con mio cugino e viveva con i genitori. Dopo che erano fuggiti dall'Afghanistan, il suo papà aveva trovato lavoro nella miniera di carbone in una montagna vicino alla città.

A Quetta avevo anche un altro amico, un po' più piccolo di me, Aliriza, che mi raccontava della sua vita. Prima che arrivassero i talebani, abitava con la famiglia a Kabul. Poi suo padre era stato ucciso e la madre aveva detto: «Cosa ci facciamo qui? C'è la guerra e non c'è lavoro!». Così lui, sua mamma e le sue tre sorelle più piccole erano emigrati in Pakistan.

Aliriza lavorava nella tessitura a mano dei tappeti. In città ci sono tantissimi laboratori artigianali di tappeti, che vengono esportati in Europa, America e Australia. Aliriza lavorava dalle sei e mezzo del mattino fino alle otto di sera. La sua era una vita molto difficile e dura:

doveva provvedere a tutta la famiglia. Ricordo ancora le sue mani rovinate dai tagli che il lavoro gli procurava. Con lui potevo giocare solo in qualche giorno di festa.

Pericoli

La droga costava pochissimo a Quetta, tanti la prendevano e la vendevano, e questo accadeva anche con l'alcol, soprattutto la vodka. Anche i bambini talvolta consumavano bevande alcoliche, rovinandosi la salute e finendo a vivere per strada.

C'erano molti furti in città. In centro dovevo stare attento: molte persone erano armate, e c'era sempre il pericolo di essere minacciati e derubati.

Una volta mio zio mi ha mandato a comprare un pezzo di ricambio per un televisore in un grande supermercato. Ho parcheggiato la bici e dieci minuti dopo era già stata rubata. Un'altra volta sono bastati cinque minuti. È successo anche alla zia.

Il furto delle bici avveniva di frequente anche se si legavano con catena e lucchetto. Le bici sono preziose, essendo il mezzo di trasporto più utilizzato, dato che gli autobus sono strapieni.

Con le moto è ancora più pericoloso, perché si rischia di essere uccisi: chi guida una moto può essere fermato e minacciato se non se la lascia portare via. Mi hanno raccontato diversi episodi di questo tipo. In macchina è più difficile essere derubati perché di solito chi possiede un'auto è anche armato.

E poi si corre il rischio di essere insultati o picchiati solo perché si appartiene a un'altra etnia o si parla un'altra lingua: mi è capitato diverse volte, in centro, di sentirmi dire parolacce e altri sono stati picchiati solo perché le persone avevano capito dai lineamenti del viso che appartenevano a un altro gruppo.

La decisione di partire

Erano passati ormai due anni da quando eravamo arrivati a Quetta, e anche se ne avevo soltanto dodici iniziavo a rendermi conto che per me sarebbe stato difficile continuare a vivere in Pakistan o pensare di costruire lì il mio futuro. Ne parlavo sempre con gli amici, soprattutto con Karim e con la zia, e anche lei mi diceva che quello non era il posto per me.

Mi diceva anche che non saremmo potuti tornare in Afghanistan per molto tempo ancora, finché la guerra non fosse finita e finché i nemici di mio padre potevano ancora minacciarci: la nostra famiglia era stata distrutta, noi dovevamo metterci in salvo e stare lontano dalla guerra. Un giorno saremmo ritornati in Afghanistan, ma nessuno poteva sapere quando sarebbe arrivato quel momento. Capivo anche che dovevo studiare, e desideravo fare Giurisprudenza come mio padre, anche per aiutare altri bambini.

Ma per riuscirci dovevo andare via, dovevo trasferirmi in Europa dove altri nostri conoscenti e amici afghani avevano cominciato una vita nuova, lavorando o studiando.

Il mio sogno era raggiungere l'Inghilterra, dove era riuscito ad arrivare un mio amico, Zaher, che poi ha studiato all'Università di Oxford, con il quale mi sentivo ogni tanto al telefono. In Inghilterra era più facile ottenere asilo politico, mi avevano detto, e chi lavorava era pagato molto bene.

Anche la zia, che mi conosceva e si fidava di me, sapendo che non mi sarei lasciato prendere dall'alcol o dalla droga, mi incoraggiava a partire perché si rendeva conto che per me lì non c'era futuro.

Il contrabbandiere

Un giorno *amma* Hava mi disse: «È meglio che tu parta».

Anche il mio amico Karim voleva andare in Europa, e i suoi genitori erano d'accordo che partisse, così ne parlarono con la zia. Un nostro amico di famiglia, Alijan, che aveva dieci anni più di me, lavorava da due anni come caposquadra in una fabbrica a Teheran, la capitale dell'Iran.

La zia gli aveva telefonato chiedendogli se poteva aiutare me e Karim, e lui le aveva promesso che ci avrebbe fatto lavorare in quella fabbrica. Saremmo rimasti lì un po' di tempo e poi saremmo partiti per l'Europa.

La zia allora, che era molto generosa e avrebbe fatto di tutto perché riuscissi ad andare in Europa per cominciare finalmente un'altra vita, si mise in contatto con un contrabbandiere che ci avrebbe fatto arrivare a Teheran facendoci attraversare clandestinamente il confine. Questo viaggio era molto costoso perché il contrabbandiere che lo organizzava aveva bisogno lungo il percorso dell'aiuto di numerosi altri collaboratori; la zia disse che avrebbe pagato solo quando io avessi telefonato da Teheran confermando che ero arrivato ed era andato tutto bene.

Poi diede a questo trafficante una mia foto e lui mi fece un documento falso.

Con l'aiuto di *amma* Hava, mi sono preparato bene per il viaggio.

Nel mio zainetto ho messo un pollo, che doveva durare due giorni, delle focacce, tavolette di vitamine, acqua e un po' di biancheria. I soldi li avevo cuciti nella cintura dei pantaloni.

Avevo anche una giacca a vento. Il mio amico che viveva in Inghilterra e che aveva fatto lo stesso viaggio mi aveva detto al telefono quello che dovevo portare con me e cosa dovevo fare: ne avevamo parlato diverse volte.

Ricordo ancora mia sorella che piangeva mentre mi salutava il giorno della mia partenza.

Teheran
IRAN
IRAQ
KUWAIT
Golfo Persico
QATAR
EMIRATI
ARABI UNITI
ARABIA
SAUDITA

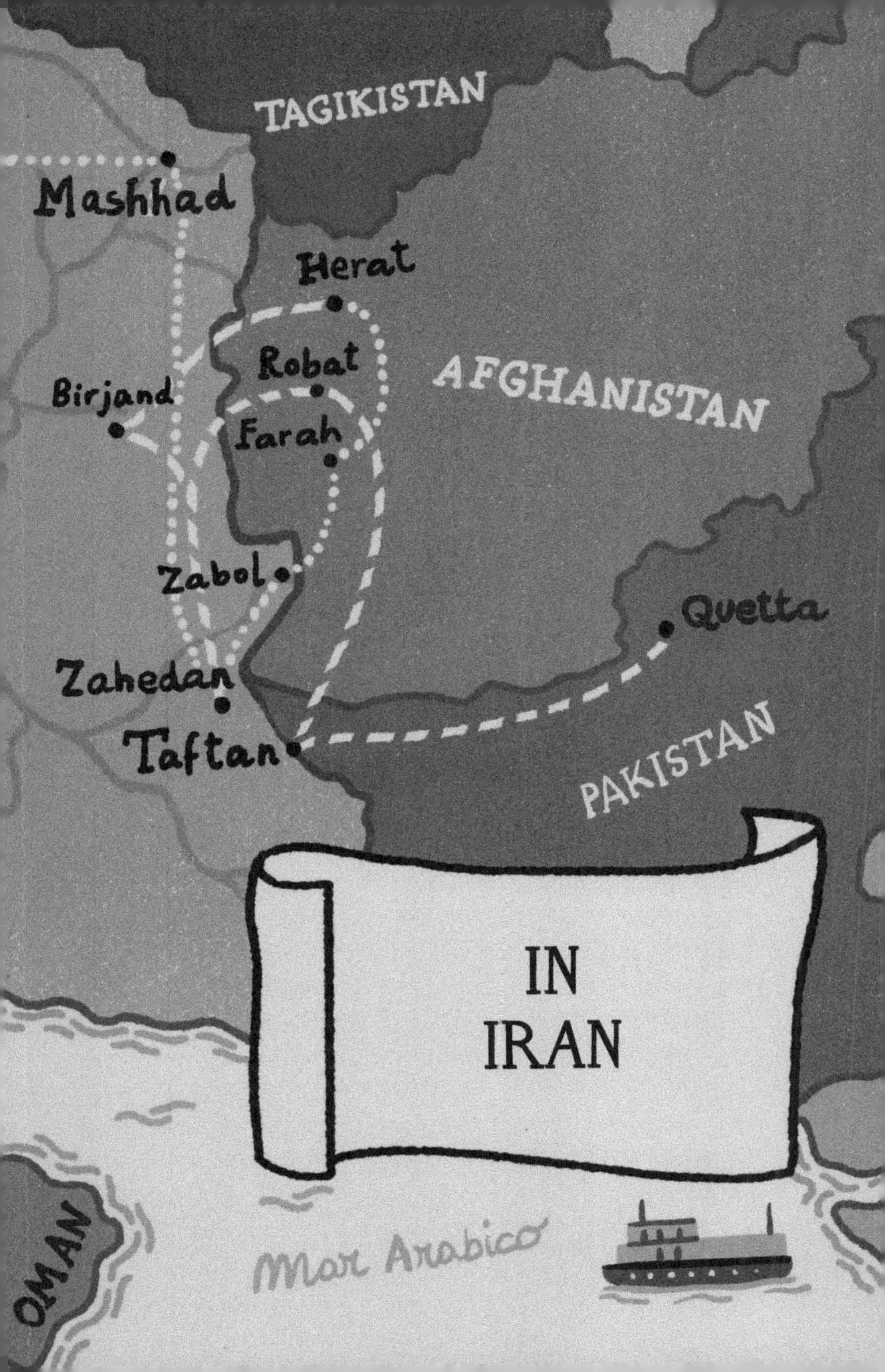
TAGIKISTAN
Mashhad
Herat
Robat
AFGHANISTAN
Birjand
Farah
Zabol
Quetta
Zahedan
Taftan
PAKISTAN
IN
IRAN
OMAN
Mar Arabico

Primo tentativo

Così nel 2003 mi sono messo in viaggio insieme ad altre quaranta persone, ragazzi e adulti, verso l'Iran.

Con me c'era anche il mio amico Karim. I nostri compagni di viaggio erano tutti hazara. C'erano alcuni adulti, ma la maggior parte erano giovani, e c'erano anche ragazzini di tredici, quattordici anni. Io ero il più piccolo. Non c'erano donne o bambine.

Alcuni volevano andare a Teheran per stabilirsi lì, altri, come me, volevano fermarsi nella capitale soltanto il tempo necessario per guadagnare abbastanza da pagarsi il viaggio fino in Europa. Nessuno aveva i documenti in regola per attraversare il confine con l'Iran e gli altri Stati, ma altri erano riusciti ad arrivare in Europa ed eravamo convinti che ce l'avremmo fatta anche noi.

Era l'inizio di un lungo viaggio.

Siamo partiti da Quetta con un pullman alle quattro del pomeriggio l'ottavo giorno del mese del Ramadan. Abbiamo viaggiato tutta la notte.

Alle sei di mattina del giorno dopo siamo arrivati a Taftan, vicino al confine con l'Iran, dove ci hanno sistemato in una brutta locanda. Eravamo quaranta del nostro gruppo e almeno altre cinquanta persone. Un contrabbandiere ci ha detto di aspettare perché era molto difficile entrare in Iran.

Siamo rimasti in quell'ambiente squallido per quattro giorni, tutti insieme: eravamo quasi cento persone.

Si dormiva in una grande stanza con un tappeto per terra. Ci davano da mangiare patate fritte tagliate a cubetti e del riso, a volte anche un po' di verdura. Ricordo che c'era acqua imbevibile perché era salata e allora ne mettevamo a bollire un po' e si beveva del tè. Il padrone della locanda obbligava tutti a pagare il pasto, anche quelli che non mangiavano per il Ramadan.

A un certo punto è arrivata la polizia. Tre o quattro agenti sono entrati in cucina e hanno rotto bicchieri e piatti. Noi vedevamo e sentivamo tutto dalla stanza vicina. Poi hanno anche picchiato il padrone prendendolo per i capelli, probabilmente perché non li aveva pagati.

Strade e sentieri

Finalmente siamo partiti da quel posto con due camioncini diretti a Robat, che si trova in Afghanistan, sulle montagne, vicinissimo al confine con il Pakistan e con l'Iran.

Da Robat saremmo poi entrati in Iran.

Viaggiavamo di notte: era molto freddo e pericoloso, la strada era bruttissima, tutta buche, sassi, curve, e gli autisti guidavano come pazzi perché volevano attraversare velocemente il confine ed entrare in Afghanistan senza farsi scoprire dalla polizia. Ma noi stavamo male e a un certo punto uno di noi, a nome del gruppo, ha incominciato a battere sulla carrozzeria chiedendo di fermarci.

Così abbiamo sostato in un posto dove le guardie non potevano vederci e abbiamo acceso un fuoco per scaldarci un po'. Dopo esserci fermati diverse volte, finalmente siamo arrivati a Robat.

Lì ci hanno sistemati in una locanda dove abbiamo aspettato altri contrabbandieri che ci avrebbero portati in Iran. Dovevamo sempre pagarci da mangiare. C'erano altri afghani, oltre al nostro gruppo, che aspettavano di attraversare il confine.

Dopo quattro giorni, una sera è arrivato un grande camion a prenderci. Siamo saliti in tantissimi, il camion era strapieno.

Abbiamo viaggiato per almeno tre ore. A un certo punto il camion si è fermato e abbiamo proseguito a piedi lungo un sentiero in mezzo alle montagne.

Banditi

Mentre camminavamo, tre banditi armati di kalashnikov ci hanno fermato chiedendo a ognuno di pagare 10.000 toman.*

* All'epoca la moneta ufficiale in Iran era il riyal, ma le persone usavano come riferimento il toman, che equivale a 10 riyal.

Eravamo tutti molto spaventati. Ci hanno messo in fila e ci hanno chiamato fuori uno alla volta: si prendevano il denaro e se qualcuno aveva le scarpe nuove gli rubavano anche quelle, come nel mio caso, quando mi hanno preso le mie e me ne hanno dato un paio delle loro, vecchie. Mi stavano un po' larghe.

Forse quei ladri erano d'accordo con i contrabbandieri che ci accompagnavano.

Dopo che tutti hanno pagato, i predoni se ne sono andati e noi abbiamo potuto proseguire.

Abbiamo camminato ancora per tre-quattro ore fino ad arrivare a un incrocio nei pressi della città di Zahedan. Eravamo in Iran. Era ancora notte. Qui ci siamo fermati per un paio d'ore. Finalmente sono arrivati due o tre pullman dei contrabbandieri.

Il nostro gruppo di quaranta persone che era partito da Quetta è salito su un pullman. Abbiamo viaggiato per il resto della notte verso il Nord dell'Iran, finché il pullman ci ha portato vicino alla città di Birjand.

Ed ecco una fermata inaspettata.

Erano circa le sei del mattino. Faceva molto freddo. I tre contrabbandieri che ci accompagnavano ci hanno detto di scendere velocemente e di nasconderci subito dentro delle enormi condutture per l'acqua, vuote, che stavano sotto la strada. Hanno aggiunto di aspettarli lì, che loro sarebbero andati a parlare con la polizia iraniana concordando il prezzo da pagare per lasciarci proseguire verso nord. Uno di loro sarebbe rimasto con noi.

Abbandonati

I due contrabbandieri non sono più ritornati.

Ci avevano abbandonato. Siamo rimasti fermi lì ad aspettare inutilmente due giorni e due notti. Ricordo che faceva molto freddo e che avevamo finito il cibo e l'acqua. Eravamo tutti inferociti con i contrabbandieri che ci avevano lasciati al nostro destino.

Il contrabbandiere che era rimasto con noi era un ragazzo, un loro aiutante. Lui ci diceva che in Iran era difficile pagare la polizia, che i suoi compagni non erano scappati, che avevano sicuramente avuto dei problemi e che forse sarebbero ritornati.

Eravamo tutti stanchi, affamati, infreddoliti. Non sapevamo più cosa fare. Avevamo paura di essere presi dalla polizia e riportati in Afghanistan se fossimo usciti dal nostro nascondiglio, ma in quelle condizioni era difficile resistere ancora. A un certo punto l'aiutante dei contrabbandieri e un altro del nostro gruppo ci hanno detto: «Con questo freddo, qui all'aperto, senza acqua e senza cibo moriremo tutti! Noi andiamo a comperare del cibo e dell'acqua a Birjand. Meglio essere scoperti piuttosto che morire. Voi aspettateci qui, torneremo».

Alcuni hanno chiesto loro di non andare, dicevano che era meglio aspettare ancora, che i contrabbandieri potevano tornare da un momento all'altro. C'è stata una discussione e alla fine si è concluso che potevano andare.

Intanto, altri avevano deciso di uscire e mettersi sul bordo della conduttura per non morire di freddo e scaldarsi un po' al sole.

I poliziotti

A un certo punto è arrivato un poliziotto iraniano in moto. Alcuni gruppi di afghani si erano nascosti in altre grandi condutture di cemento lungo quella strada ed erano stati scoperti. Così erano arrivati anche noi.

Il poliziotto ci disse di restare lì fermi, che sarebbe tornato a prenderci con i camion. Intanto i due che erano andati a cercare cibo e acqua erano ritornati e così potemmo mangiare e bere un po'. Partito il poliziotto, siamo usciti e abbiamo cercato di fuggire su una montagna vicina. Quattro dei nostri sono andati invece in un'altra direzione.

Dopo un po' la polizia iraniana è tornata con dei camion e i poliziotti ci hanno urlato di tornare indietro. Abbiamo obbedito.

Ci hanno caricato sui camion e ci hanno portato in un commissariato nella città di Birjand, dove hanno controllato al computer i nostri documenti, che erano tutti falsi. Non ce li hanno più restituiti. Poi ci hanno trasferiti con dei pullman in un campo profughi.

L'orologio

Il campo era circondato da un muro e i profughi, tutti afghani, dormivano nei container. Lì dentro si stava malissimo. Per fortuna ci sono rimasto soltanto poche ore.

C'erano tantissime persone e un'unica toilette, con lunghe file di uomini che aspettavano, anche duecento. Almeno le donne e i bambini avevano una toilette diversa. Per lavarsi c'era solo un rubinetto, lontano, all'aperto.

Lì dentro era trattenuto chi era entrato in Iran clandestinamente, senza i documenti o con documenti falsi, e non aveva denaro sufficiente per pagare il viaggio di ritorno in Afghanistan.

Mentre ero lì ho potuto parlare con alcuni profughi. Mi hanno raccontato che chi non aveva i soldi per il viaggio era costretto a lavorare anche per cinque, sei mesi finché non aveva guadagnato abbastanza per poterselo permettere. Ma pagavano pochissimo. Chi tentava di scappare veniva preso a bastonate dalla polizia. Dicevano che le condizioni di vita lì dentro erano dure, che nei container si stava male perché era molto freddo, e d'estate faceva troppo caldo.

La polizia ha distribuito qualche dattero a ognuno per sfamarsi. Li raccoglievamo velocemente con il bordo della tunica.

Poi ci hanno detto che ogni persona doveva pagare 3.000 toman per tornare in Afghanistan. Chi non pagava sarebbe rimasto lì nel campo e sarebbe stato mandato a lavorare.

Io avevo finito i soldi, ma avevo un bell'orologio che valeva 10.000 toman. Loro mi hanno risposto che l'avrebbero preso per 5.000 e che avrebbero lasciato andare me e il mio amico Karim. Allora gliel'ho dato. Karim aveva ancora dei soldi ma dovevamo conservarli per il futuro.

Dopo circa quattro ore da quando eravamo arrivati in quel campo, ci hanno fatto salire su un pullman con altre persone che avevano pagato perché ci riportassero in Afghanistan.

Era sera. Del gruppo di quaranta che era partito da Quetta eravamo rimasti in ventisette. Su quel pullman c'erano anche altri afghani.

Abbiamo viaggiato tutta la notte e al mattino siamo arrivati al di là del confine, a Eslam Qal'eh, una cittadina nel Nord dell'Afghanistan, sulla strada per Herat.

Così finì il mio primo tentativo di fuggire in Iran.

Ma non avevo nessuna intenzione di rinunciare, e neanche Karim e gli altri volevano arrendersi: dovevamo provare un'altra volta ad arrivare a Teheran, e il contrabbandiere che aveva organizzato il viaggio doveva aiutarci perché se non ci fossimo arrivati lui non avrebbe preso i soldi.

Secondo tentativo

Da Eslam Qal'eh, dove il pullman ci aveva lasciato, dovevamo raggiungere la città di Herat. Avevamo telefonato al nostro contrabbandiere, che ci aspettava in Iran, e lui ci aveva detto che avrebbe mandato a Herat un collega che avrebbe cercato di farci entrare attraverso un'altra strada.

Pensando di raggiungere Herat a piedi, anche perché alcuni erano rimasti senza soldi, siamo andati al mercato della città per chiedere informazioni.

Qui ci siamo rivolti a un macellaio domandandogli quale strada avremmo dovuto percorrere per arrivare a Herat. Non era un hazara, ma era di religione sciita come noi.

Lui ci ha risposto: «A Herat a piedi? Ma siete pazzi? Sono più di cento chilometri!».

Quando gli abbiamo raccontato la nostra storia lui, che era una persona buona, si è commosso per la nostra situazione e ci ha pagato il viaggio con un pullmino fino a Herat. Ci ha perfino comperato delle pagnotte.

Non lo dimenticherò mai.

Eravamo tutti schiacciati dentro quel furgoncino, tanto che non si poteva respirare o muoversi anche solo un po'. Molti hanno vomitato durante il viaggio. E ci si è rotta persino una ruota. Così almeno ci siamo fermati perché la riparassero e siamo potuti scendere a respirare un po' e a sgranchirci le gambe.

Eravamo veramente in troppi lì dentro, ma era sempre meglio che andare a piedi.

Siamo arrivati a Herat verso la mezzanotte, dopo un lungo viaggio.

Eravamo stanchissimi, ci facevano male le gambe e lo stomaco. Siamo andati in una locanda dove ovviamente dovevamo pagare, ma non si poteva neanche fare la doccia. Karim ha pagato per me.

Doccia!

Abbiamo telefonato in Iran al nostro contrabbandiere, e lui ci ha detto che sarebbe arrivato insieme a un suo aiutante a Zabol, una cittadina dell'Iran vicina al confine con l'Afghanistan, ma molto più a sud di dove eravamo noi. Questo suo collega avrebbe poi attraversato il confine e sarebbe venuto a prenderci a Herat con due furgoni per condurci a Zabol.

Ci siamo così fermati a Herat in quella locanda per due notti. Durante il giorno siamo usciti a fare un giro in città. Herat è molto bella perché è una delle più antiche città dell'Afghanistan. Ma la cosa più bella per noi è stata trovare una doccia pubblica dove almeno ci siamo lavati, anche se l'acqua era fredda.

Finalmente è arrivato l'aiutante del contrabbandiere e ci ha fatto salire su due furgoni: almeno stavamo più comodi di quando eravamo arrivati.

Siamo partiti. La nostra prima tappa era la città di Farah, che dista da Herat più di duecento chilometri. Per arrivarci abbiamo percorso, nell'ultima parte, una strada piena di buche fatte dai carri armati.

Quando siamo arrivati a Farah ci siamo fermati una notte, ancora in una locanda, dove ci hanno dato da mangiare un cibo pashtun che a me non piaceva molto.

La palude

Il giorno dopo siamo partiti da Farah molto presto. I due furgoncini ci hanno portato vicino alla frontiera con l'Iran, poi ci hanno lasciato perché dovevamo attraversare il confine a piedi, di notte, per non farci vedere. C'erano con noi due contrabbandieri.

In quella zona ho visto moltissimi cammelli che pascolavano.

Abbiamo riposato all'aperto, nascosti, fino a quando ha incominciato a calare il buio.

Dovevamo passare per una palude che si trova proprio sul confine, in una zona piena di acquitrini e laghi. Era molto estesa e abbiamo impiegato parecchio tempo ad attraversarla, almeno due ore.

Non era ancora notte fonda e c'era la luna, così riuscivamo a vedere qualcosa. Era molto pericoloso. L'acqua ci arrivava fino all'inguine e avevamo paura di sprofondare nel fango o di mettere il piede in qualche buca. Ma io e il mio amico Karim siamo stati aiutati da Nabi, un uomo di trenta-trentacinque anni con una lunga barba nera, che ci teneva per mano: gli hazara si aiutano molto tra di loro. Anche a Quetta, quando noi bambini litigavamo con i pachistani, magari prendendoci a sassate, non ci trovavamo mai da soli a difenderci perché gli altri venivano sempre a darci una mano.

Piano piano, in silenzio, cercando di fare poco rumore nell'acqua e stando attenti a dove mettevamo i piedi, siamo arrivati sulla terra asciutta.

Vicino, si vedevano le luci della città di Zabol.

Abbiamo camminato per un po' in un deserto di pietre e sabbia, sempre in silenzio e controllando in continuazione se arrivava qualcuno, perché avevamo paura che la polizia iraniana ci scoprisse.

Eravamo di nuovo in Iran, ma questa volta dovevamo farcela a tutti i costi.

A un certo punto, mentre camminavamo nel deserto, sono arrivati a fari spenti due camioncini. Erano i nostri contrabbandieri. Ci hanno detto di salire in fretta, subito. Io non ce la facevo ad arrampicarmi perché ero piccolo, così qualcuno mi ha preso e mi ha buttato dentro. Ci siamo sdraiati sul fondo per non farci vedere.

Pulci e pidocchi

Abbiamo proseguito molto velocemente su una brutta strada per tre-quattro ore, sempre nascosti sul fondo dei camioncini. Vedevamo il cielo e i lampioni delle strade, finché non siamo arrivati a Zahedan, una grande città vicino al confine tra l'Afghanistan e il Pakistan.

Eravamo arrivati da quelle parti anche durante il nostro primo tentativo di entrare in Iran, quando avevamo attraversato il confine a piedi partendo da Robat. Era quasi l'alba. A Zahedan i contrabbandieri ci hanno portato in una casa circondata da un muro alto.

Siamo rimasti lì due-tre giorni. I contrabbandieri non lasciavano uscire nessuno. Ci dicevano che rischiavamo di essere scoperti e la polizia ci avrebbe riportati in Afghanistan.

Vivevamo tutti insieme in uno stanzone con una piccola finestra. Dentro la casa non c'era l'acqua, nessuna possibilità di lavarsi e cambiarsi, e bevevamo da un rubinetto in cortile.

Non c'era luce, era freddo e ricevevamo soltanto un po' di patate fritte per sopravvivere.

In quello stanzone ci siamo trovati infestati da pulci e

pidocchi che ci davano molto fastidio e non ci facevano dormire. Con le dita e con l'orlo delle magliette cercavamo di schiacciare quei parassiti, ma erano troppi e addirittura aumentavano. Eravamo tutti indaffarati a uccidere questi animaletti: non c'era altro da fare!

Mashhad

Dopo due o tre giorni un altro contrabbandiere è venuto a Zahedan a prenderci e ci ha caricato su due ambulanze gialle, metà in una e metà nell'altra, dove stavamo pigiati come sardine. Avevano il lampeggiante, lo usavano solo nei sorpassi, ma non suonavano mai la sirena.

La nostra mèta era Mashhad, la città santa degli sciiti, quasi cinquecento chilometri più a nord. È stato un viaggio molto lungo e faticoso, durante il quale ci siamo fermati solo due volte, ma senza poter scendere dalle ambulanze.

Quando infine siamo arrivati a destinazione eravamo stanchissimi.

Qui ci siamo fermati soltanto un giorno. Anche questa volta eravamo ospitati in una squallida locanda, dove però c'erano luce e acqua, così abbiamo almeno potuto lavarci, anche se i nostri indumenti rimanevano sporchi e sempre pieni di pulci e pidocchi.

Potevamo perfino uscire, ma solo in piccoli gruppi per non farci scoprire.

Mashhad è la più grande città dell'Iran del Nord-Est

ed è una città santa perché lì si trovano il santuario in cui è sepolto l'*imam* Reza, venerato dagli sciiti, che in Iran sono la maggioranza dei musulmani, e la grande moschea di Gawhar Shad, una delle più belle del mondo. Tutti noi volevamo andare a visitarli entrambi perché sono luoghi sacri molto importanti per gli sciiti.

Al santuario

Il santuario dell'*imam* Reza è grandioso e bellissimo. C'era tantissima gente, un immenso numero di pellegrini. Ne avevo sentito parlare molte volte dai miei genitori, dalla nonna, a scuola, e anche alla radio quando c'erano feste o celebrazioni importanti. Anche *amma* Hava, in Pakistan, me ne aveva parlato e mi diceva spesso che ormai ero abbastanza grande per pregare come un buon musulmano. Avevamo sentito parlare anche della grande moschea di Gawhar Shad che si trova dentro l'area del santuario.

Per questo volevamo andare a vederlo a tutti i costi e anche pregare sulla tomba dell'*imam* Reza, come fa ogni musulmano sciita, anche se avevamo paura che la polizia ci chiedesse i documenti e ci rimandasse in Afghanistan un'altra volta. Però pensavamo che mescolandoci in mezzo a quella folla potevamo sembrare dei pellegrini, perché in quel luogo sacro gli sciiti accorrono da tutti i Paesi vicini.

Prima di entrare nel santuario ci siamo lavati il viso, le mani e le braccia fino al gomito nelle fontanelle all'ingresso, sotto il piazzale. È un rito obbligatorio, bisogna purificarsi prima di entrare. Inoltre bisogna togliersi le scarpe e consegnarle ai custodi, i quali ti danno un numero da conservare per farti restituire le scarpe all'uscita.

Dentro, il santuario era grande almeno come un campo di calcio ed era pieno di pellegrini. C'erano diverse stanze dove si andava a pregare, ambienti bellissimi, tutti decorati in oro. In ogni stanza c'erano un libro, dove erano scritte le preghiere da recitare, e la pietra che forse ricorda quella antica della Mecca. Anche noi li abbiamo presi, e abbiamo seguito le istruzioni. In ciascuna stanza bisognava recitare una sura del Corano e poi prostrarsi fino a toccare con la fronte la pietra posta per terra davanti a noi. Anche quando si è a casa si prega in ginocchio e poi ci si prostra toccando con la fronte la pietra. Fuori dalla moschea, nel grande bazar, si poteva comperare la pietra, contenuta in una scatoletta. È un regalo prezioso da portare a casa.

Abbiamo pregato, poi abbiamo pronunciato l'*amin*, che vuol dire "amen". Dopo aver pregato nelle varie stanze, ci siamo messi in fila per andare al sepolcro dell'*imam* Reza che si trova in fondo al santuario.

Quando infine siamo arrivati davanti al grande sarcofago d'oro che custodisce la reliquia, lo abbiamo toccato con la mano, come fanno tutti i pellegrini, e poi l'abbiamo baciato, prima di fare un giro intorno al sepolcro recitando una sura del Corano.

Abbiamo visitato anche il bazar di Mashhad, un mercato molto famoso non solo per la pietra sacra ma anche per i tappeti, i *tasbé*, le tipiche corone del rosario, e gli anelli che gli adulti spesso indossano durante la preghiera. Ricordo che ne aveva uno anche mia nonna.

Teheran

A Mashhad ci siamo fermati soltanto un giorno, prima di partire per Teheran, la meta finale, con un pullman su cui viaggiavano anche degli iraniani. Il nostro contrabbandiere aveva comperato i biglietti e pagato l'autista perché ci facesse salire e cercasse in tutti i modi di evitare che la polizia ci scoprisse.

Il viaggio è stato lunghissimo, forse tredici, quattordici ore. Non finiva mai e non vedevamo l'ora di arrivare. Avevamo sempre paura che da un momento all'altro la polizia ci fermasse e ci chiedesse i documenti. Non ci si poteva fermare nemmeno per i propri bisogni. Le soste, brevissime, erano solo per il rifornimento di carburante, ma nessuno di noi poteva scendere. Solo gli iraniani potevano.

Quando infine siamo arrivati a Teheran eravamo stanchi, affamati, ma felicissimi. Non ci sembrava vero di essere lì! Il viaggio sarebbe dovuto durare soltanto cinque o sei giorni, e invece da quando eravamo partiti da Quetta erano trascorse circa tre settimane! Ma in fondo eravamo stati anche molto fortunati perché alcuni di quelli che erano partiti assieme a noi da Quetta erano stati costretti a tornare indietro.

Avevamo ancora un po' di timore di essere fermati e

rimandati indietro, ma a Teheran ognuno di noi aveva un amico o un parente che lo avrebbe accolto e protetto, così ci siamo salutati e ciascuno è andato per la propria strada.

Qualcuno dei miei compagni di viaggio era diventato mio amico e abbiamo continuato a vederci a Teheran. Ricordo Nabi, quello che ci aveva aiutato ad attraversare la palude tenendoci per mano; e poi Rahmat, che ha tre anni più di me, e Javid, che ne ha due di più.

Alijan

Io e Karim abbiamo telefonato al mio amico Alijan, che ci aveva promesso un posto presso la fabbrica dove lavorava come caposquadra da due anni.

Era un amico di famiglia e lo avevo conosciuto quando era ancora in Afghanistan. Anche lui è un hazara. Ora non vive più a Teheran, ma in un'altra città iraniana dove lavora sempre in una fabbrica. Si è sposato e ha un figlio, ma sua moglie vive con il bambino a Quetta, dove lui va ogni tre-quattro mesi a trovarli. Ci ha aiutato moltissimo e senza di lui sarebbe stato tutto molto difficile per noi.

Alijan è venuto a prenderci con un taxi e ci ha portato nella fabbrica, che era in una zona industriale di Teheran. Ci ha detto che potevamo riposare per una settimana, prima di cominciare a lavorare, dove avremmo anche mangiato e dormito, come gli altri operai afghani. Aveva notato quanto eravamo magri e stanchi, e noi gli avevamo raccontato tutte le nostre disavventure per riuscire ad arrivare nella capitale.

Ci ha detto di buttare via subito i nostri vestiti, sporchi e pieni di parassiti, e di lavarci bene mentre lui andava a comperarci dei vestiti nuovi.

Ci ha poi avvertito che dovevamo sempre stare attenti a non essere scoperti dalla polizia o dai funzionari che ogni tanto venivano a controllare la fabbrica. Potevamo girare per la città, ma se ci avesse fermato un poliziotto, ci ha spiegato, avremmo dovuto dargli subito dei soldi così lui non ci avrebbe chiesto i documenti.

Poi ho telefonato alla zia in Pakistan per avvertirla che eravamo finalmente arrivati sani e salvi dal nostro amico e che lei poteva pagare il contrabbandiere, ma le ho anche raccontato che eravamo stati abbandonati da uno dei suoi collaboratori durante il primo tentativo.

La zia si era molto preoccupata perché da tre settimane non aveva più avuto mie notizie, e mi ha detto che era andata a pregare nella moschea perché potessi arrivare sano e salvo a Teheran, e che aveva dato anche dei soldi ai poveri perché intercedessero per me.

In fabbrica

Mi sono fermato a Teheran per circa due anni.

La fabbrica era in un quartiere della periferia. C'erano moltissimi altri stabilimenti in quella zona e, poco lontano, palazzi moderni.

Da noi si producevano reti metalliche di diverse dimensioni: per costruirle si tagliavano delle stanghe di ferro, si verniciavano e poi si saldavano.

Quando ero a Quetta, in Pakistan, e aiutavo lo zio nel negozio, avevo guardato quello che faceva lui e avevo imparato a saldare e a fare molte altre cose e non ho avuto problemi a inserirmi in quella fabbrica.

Facevo il turno di notte, come tutti gli operai afghani: cominciavo alle 19.00 e finivo il mattino dopo alle 7.00. Dodici ore, con una pausa di un'ora a mezzanotte per mangiare.

Gli operai del turno di notte erano più o meno una trentina. C'erano uomini di trenta-quarant'anni, ma anche ragazzi di quattordici o quindici. Erano tutti afghani hazara come me, tranne il portiere che era iraniano, e quasi nessuno aveva i documenti in regola. Erano entrati di nascosto in Iran, come me, e dovevano lavorare di notte per non farsi scoprire e rimandare indietro.

Avevamo tre grandi stanze in cui c'era anche la televisione dove guardavamo i notiziari, le partite di calcio e altri sport, i film. Parlando il dari, fortunatamente non avevamo problemi a comprendere il farsi che si parla in Iran.

Si mangiava la prima volta alle 16.00, poco prima di cominciare il lavoro, poi a mezzanotte, e infine alle 7.00 di mattina, quando terminava il nostro turno. C'era un cuoco che cucinava per noi. Certi giorni il cibo era buono, altri no, ma mangiavo molto: pollo, riso, patate, verdura, frutta, qualche volta anche gli spaghetti, che avevo assaggiato per la prima volta in Pakistan.

Nella fabbrica avevamo tutto quello che ci serviva, compresa una lavatrice dove lavavamo la nostra biancheria (io continuavo a comperare calzini nuovi perché lavandoli li rovinavo e poi dovevo buttarli via), e dei computer che potevamo usare per navigare in internet. Con i primi risparmi mi sono comperato un portatile che poi ho lasciato ad Alijan quando sono partito.

Di giorno nella fabbrica lavoravano solo operai iraniani, a parte il mio amico Alijan che aveva i documenti in regola ed era caposquadra. In tutto erano settantacinque.

Apprendistato

Il mio amico Alijan nelle prime settimane ha cercato di insegnarmi tutto quello che dovevo sapere: per questo io cominciavo il lavoro un'ora o due prima dell'inizio del turno di notte, in modo che ci fosse anche lui. Da lui ho imparato la saldatura meccanica, perché prima sapevo fare soltanto quella elettrica, a lavorare al tornio, a fare alcuni lavori da elettricista, a conoscere le macchine, i quadri e gli interruttori, a muovere i carrelli e a verniciare. Apprendevo molto velocemente.

Lavorare di notte era davvero pesante, e il primo mese per me è stato ancora più duro perché non riuscivo a recuperare il sonno di giorno, dato il continuo rumore martellante delle macchine, e la sera avevo gli occhi perennemente arrossati. Con il passare del tempo, però, piano piano ho cominciato ad abituarmi.

Lavorare in fabbrica era anche pericoloso: era facile

avere un colpo di sonno, soprattutto dopo la mezzanotte, come è successo a un mio compagno di lavoro, Zija, che ci ha rimesso per questo due dita, tranciate da una macchina. Per la verniciatura si usava dell'acido e dovevo fare molta attenzione perché la macchina a volte me lo spruzzava in faccia o mi arrivava un getto di vapore addosso, così mi facevano male gli occhi e a volte anche i denti, perché quella sostanza, entrando in bocca, anche attraverso il vapore, li rovinava. Ho dovuto anche andare dal dentista a farmi curare per questo. Avevamo in dotazione delle mascherine, ma non sempre le mettevamo perché era difficile sopportarle a causa del caldo.

Facevamo più pezzi noi, di notte, in trentatré, che i settantacinque lavoratori iraniani di giorno. Il padrone contava i pezzi prodotti ed era sempre molto contento, per questo venivamo pagati di più degli altri.

Capoturno

Dopo circa due mesi sono diventato capoturno.

Il capo del turno di notte era tornato in Afghanistan, così Alijan ha proposto al padrone della fabbrica di farmi prendere il suo posto perché ero bravo e sveglio. Il padrone si fidava molto di lui. In più sapevo leggere e scrivere e non fumavo oppio, né bevevo.

Mi ha chiamato nel suo ufficio insieme ad Alijan e al direttore, che era un ingegnere, mi ha fatto delle domande e poi mi ha detto quello che dovevo fare.

Così ho avuto subito un incarico di responsabilità

nella fabbrica anche se quando ho cominciato avevo solo dodici anni. Dovevo controllare gli operai, stare attento che tutto andasse bene e avvertire il padrone o il direttore o il mio amico Alijan se c'era qualche problema. Cominciavo a lavorare prima degli altri operai, perché verso le quattro o le cinque del pomeriggio andavo dall'ingegnere a prendere gli ordini e le autorizzazioni per ritirare dal magazzino il materiale che avremmo usato durante il turno.

Di notte ero io il responsabile della fabbrica. Guidavo carrelli montacarichi, giravo per il capannone, controllavo che tutto fosse a posto e svegliavo quelli che si addormentavano. Se per caso si assopivano anche solo per un momento, infatti, sbagliavano i pezzi e bisognava rifare il lavoro.

Era più facile comandare agli adulti che ai ragazzi, perché i ragazzi dimenticano più facilmente quello che devono fare e poi dicono di sì, ma spesso non fanno ciò che gli si chiede. Però mi volevano bene, perché li aiutavo. Era faticoso, ma eravamo uniti e ci aiutavamo l'un l'altro.

Avevo una buona paga. I primi tempi prendevo 140mila toman, circa 140 euro al mese. Poi sono passato a 300, 400, fino a 540mila toman. L'ingegnere a un certo punto era diventato un po' geloso perché il padrone mi pagava più di lui, che era il direttore e prendeva 400mila toman, ma il turno di notte faceva guadagnare molto di più il padrone, che si fidava di me perché non c'erano mai problemi. Quando ho cominciato ad avere un buono stipendio, ho mandato anche dei soldi alla zia tramite un contrabbandiere di fiducia di Teheran.

Nella nostra fabbrica c'era molto ricambio tra gli operai. Alcuni andavano a lavorare altrove, altri tornavano in Afghanistan, altri partivano per l'Europa o per altri Paesi, così io aiutavo il padrone a trovare nuovi operai afghani, che dovevano essere sempre degli hazara perché avevano la nostra fiducia, per sostituire quelli che erano partiti. Io ne conoscevo tanti perché ci trovavamo insieme nel tempo libero.

Il padrone

Il padrone non si faceva vedere spesso in fabbrica durante il turno di notte; quando veniva, di solito significava che servivano molti più pezzi e bisognava lavorare di più, e allora portava dei regali agli operai. Chi lavorava anche il venerdì, che è giorno di festa, veniva pagato molto di più.

Ogni due o tre giorni il padrone mi telefonava per sapere come andava: se le macchine funzionavano bene (erano macchine tedesche, ma anche italiane e francesi), se c'erano problemi con gli operai e se era successo qualcosa. Lui abitava in una villa a circa trenta chilometri dalla fabbrica e controllava a distanza ogni ambiente attraverso un sistema di telecamere a cui non sfuggiva niente. Quando vedeva che qualcuno fumava tabacco o oppio, mi avvisava per telefono e io andavo a dirgli di smettere. Mi aiutava il mio amico Alijan, che era molto bravo a farsi ascoltare, e insieme andavamo a parlare con quelli che erano stati scoperti a fumare. Ogni tanto facevamo delle riunioni. Qualcuno ci ascoltava, altri continuavano. Però quando mi vedevano, smettevano, almeno per quel momento.

Ogni sei mesi il padrone dava una tuta e un paio di guanti nuovi a ogni operaio, e qualche volta ci ha portato anche delle camicie nuove. Un paio di volte alla settimana mi dava anche i soldi per comperare un gelato per tutti.

In due o tre occasioni sono stato nella villa del padrone, una villa gigantesca, circondata da un giardino. Il padrone aveva una jeep.

La fabbrica era molto grande e quando arrivava un funzionario del Ministero del Lavoro per controllare se ci fossero operai afghani senza documenti, il padrone riusciva a farci nascondere in un ambiente chiuso a chiave, da dove il controllore non sarebbe passato.

Le ispezioni erano abbastanza frequenti, perché gli operai iraniani facevano spesso delle segnalazioni telefoniche per avvisare le autorità che lì lavoravano degli afghani. Nonostante ciò, è sempre andata bene, forse perché il padrone chiamava i funzionari del Ministero nel suo ufficio e li pagava per evitare che tornassero, magari di notte... o almeno così si diceva.

Calcio

Eravamo liberi tutto il giorno di venerdì e fino alle 17.00 del sabato.

Trascorrevo il tempo libero in giro per la città con Karim e con altri ragazzi e giovani che lavoravano con me o che avevo conosciuto durante il viaggio da Quetta.

Teheran è una città molto bella, anche se la più bella che ho visto in assoluto è Istanbul. La parte ricca della città è in collina, la parte povera in basso.

C'è un intenso traffico dappertutto, tanto che nei quartieri ricchi si vedono molte persone girare con la mascherina sulla bocca e sul naso per difendersi dall'inquinamento, e la città è piena di gente fino a mezzanotte. Ci sono molti giardini e parchi, piazze, grandissimi bazar, piscine, il luna park, lo zoo, i cinema. Noi andavamo in giro sempre con i taxi perché a Teheran costano pochissimo e sono meno pericolosi degli autobus, dove i furti sono molto frequenti e spesso passano i poliziotti a controllare i documenti.

Con gli amici giocavamo spesso a calcio in un campo vicino alla fabbrica. Ogni tanto andavamo allo stadio a vedere qualche partita del campionato iraniano. La mia squadra preferita era l'Esteghlal. Comperavo spesso il giornale sportivo di Teheran per seguire soprattutto il calcio e il judo (ci sono grandi campioni di judo in Iran). Ma seguivo alla televisione anche i campionati di calcio d'Italia, Spagna e Inghilterra e vedevo le partite in diretta. Le mie squadre preferite erano il Milan, il Manchester United e il Real Madrid. Andavamo in piscina, allo zoo, e ogni tanto al luna park, anche se era molto costoso. Mi piaceva andare sulla ruota panoramica, sulle montagne russe, sugli autoscontri o nel tunnel dell'orrore.

Pizza

La prima volta che siamo andati in piscina eravamo credo in nove. Io avevo raccolto i soldi ed ero andato a pagare per tutti, e l'uomo della biglietteria mi ha detto che potevo entrare gratis perché avevo portato altre otto persone. Così, le volte successive, quando c'era magari un altro addetto che voleva farmi pagare, lo avvisavo che portando altre otto persone potevo entrare senza pagare. Ricordo che non potevamo andarci tutti i giorni, perché in Iran le piscine sono aperte a giorni alterni, uno per i maschi e uno per le femmine.

A volte andavamo anche al cinema o a visitare il grande bazar. Il venerdì e il sabato non mangiavamo in fabbrica ma al ristorante. A volte prendevamo la pizza, che era buonissima: era più spessa di quelle che si mangiano qui in Italia e aveva sopra molta carne. Ogni tanto comperavamo il gelato.

Con gli amici sono andato tre o quattro volte, sempre con il taxi, a visitare la città santa di Qom che si trova a centoquaranta chilometri da Teheran ed è un luogo molto importante per gli sciiti perché c'è il bellissimo santuario dove è sepolta Fatamé (o Fatimah), la sorella dell'*imam* Reza sepolto nel santuario di Mashhad. Qom, infatti, è la seconda città santa dell'Iran dopo Mashhad e ospita molte scuole coraniche.

Siamo andati a visitare anche le città di Karaj, molto bella per la modernità dell'architettura, e di Qazvin, città commerciale e industriale.

Un pugno di toman

Ogni tanto scoppiavano delle liti con la gente del posto, mentre giocavamo o mentre andavamo in giro per la città, perché gli iraniani non sopportano gli afghani. Ci dicevano parole offensive, gridandoci di tornare nel nostro Paese, oppure ci prendevano in giro quando scoprivano dalla nostra parlata che eravamo afghani.

Non tutti gli iraniani erano così, naturalmente, però dovevamo sempre stare molto attenti.

In più c'era il rischio, quando andavo in città, che qualche poliziotto mi chiedesse i documenti. Mi è capitato almeno sei o sette volte di essere fermato dalla polizia, e in questi casi bisognava essere prontissimi a tirare fuori i soldi. Il mio amico Alijan mi aveva insegnato, appena ero arrivato a Teheran, cosa dovevo fare quando mi fermava un poliziotto: in una tasca dei pantaloni dovevo tenere tante piccole monete, nell'altra le banconote più grosse. Quando il poliziotto mi fermava dovevo tirare fuori subito un pugno di queste monete, perché non si mettesse a contarle, le prendesse in fretta e le mettesse via credendo che fossero tanti soldi. A volte però dovevo pagare di più. Allora guardavo in faccia il poliziotto, e dalla sua espressione capivo se dovevo dargli molto o poco denaro. Se era gentile gli davo magari 2.000 o 3.000 toman. Se invece capivo che era un tipo duro gliene davo anche 5.000 o più, altrimenti non mi avrebbe lasciato andare.

Una volta, per esempio, mi hanno fermato mentre andavo in moto con un amico più grande che guidava. Il poliziotto faceva storie, perché non voleva riconoscere la sua patente. Io allora, che avevo una buona parlantina, gli ho spiegato perché secondo me la patente era valida. Ma il poliziotto non voleva cedere, e ci ha lasciato andare solo quando ho pagato 10.000 toman.

Se capitava di incontrare ancora lo stesso agente, per una settimana evitava di fermarti, e ti salutava gentilmente, ma poi, trascorso quel periodo, tornava a chiederti altri soldi.

Bollette

Ogni tanto parlavo al telefono con la zia e le raccontavo tutto. Lei mi aggiornava su mia sorella, mio fratello, la sua famiglia. Mi dava sempre consigli.

Avevo il mio cellulare e certe volte stavo al telefono con lei anche un'ora. Ogni due mesi mi arrivava la bolletta del telefono e pagavo una montagna di soldi, anche 150, 180mila toman, una buona fetta del mio stipendio. Una volta mi è capitato di dimenticare di chiudere la telefonata e mi è arrivata una bolletta di 480mila toman: un intero stipendio!

La zia era sempre preoccupata che un giorno o l'altro mi scoprissero, o nella fabbrica durante un controllo, o in città se qualche poliziotto che mi aveva fermato non si fosse fatto corrompere. Anche quando le raccontavo gli episodi di ostilità contro di noi da parte degli iraniani si preoccupava molto: temeva che un giorno o l'altro mi potesse accadere qualcosa di grave.

Mi ripeteva sempre che dovevo studiare, che dovevo imparare un mestiere, e che era venuto il momento per me di andare in Europa, perché anche in Iran, come in Pakistan, per me non c'era futuro; e men che meno ci sarebbe stato in Afghanistan, visto che la situazione continuava a essere difficile e io non potevo tornare perché i nemici della nostra famiglia erano ancora in circolazione e avrebbero potuto uccidermi.

Europa o Afghanistan?

Ogni tanto telefonavo anche al mio amico Zaher, che lavorava e studiava a Londra, aveva due anni più di me, e un tempo viveva a Ghazni, vicino a casa mia. Quando era rimasto senza papà, la sua famiglia era emigrata come noi a Quetta, in Pakistan, dove ci eravamo ritrovati. Lui studiava inglese già da tempo, voleva andare in Inghilterra, e a un certo punto aveva deciso di partire per l'Europa. Aveva intrapreso il viaggio che poi avrei fatto anche io seguendo i suoi consigli, ma avendo maggiore disponibilità economica non aveva avuto bisogno di lavorare in Iran, e così aveva impiegato meno tempo di quanto ce ne avrei messo io ad arrivare in Europa, dove aveva ottenuto asilo politico e si trovava bene. Mi raccontava dell'Inghilterra, di Londra, dello studio, del lavoro, e anch'io sognavo di poter fare un giorno le stesse cose, di arrivare a Londra, studiare, lavorare, magari laurearmi in Giurisprudenza come mio papà. Anche lui mi diceva di partire, di raggiungerlo lì, che mi avrebbe aiutato.

Mi spiegava tutto quello che dovevo fare: il percorso che avrei dovuto seguire, come dovevo comportarmi con i contrabbandieri, come vestirmi, cosa portarmi dietro da mangiare. Mi ha insegnato anche come avrei dovuto legarmi sotto un tir in attesa di imbarcarsi su una nave per l'Europa, quando fossi arrivato in Grecia.

Io però non ero ancora convinto del tutto di andare in Europa perché speravo sempre di tornare in Afghanistan. Era il mio Paese e là c'erano anche le proprietà di mio padre, la mia casa e tutta quella terra da coltivare. Ogni tanto sembrava che la situazione in Afghanistan, su cui ero informato dalla televisione o dalla radio iraniane, migliorasse e che fosse possibile tornare. Altre volte arrivavano invece cattive notizie. Così io rimanevo incerto. Anche perché a Teheran stavo abbastanza bene e guadagnavo parecchio.

La partenza di Karim

Parlavo molto del viaggio in Europa o di ritornare in Afghanistan anche con il mio amico Karim. Lui decise prima di me: voleva andare in Inghilterra. Ne parlava sempre al telefono con i suoi genitori che vivevano a Quetta, e anche loro erano d'accordo.

Un giorno prese la decisione. Partì un mese prima di me. Pagò molti soldi per farsi fare un passaporto falso e così arrivò a Istanbul senza tanti problemi, come mi raccontò poi al telefono, dicendomi che aveva camminato solo mezz'ora sulle montagne al confine tra Iran e Turchia mentre il resto l'aveva fatto in auto.

Karim aveva dovuto fermarsi a Istanbul più del previsto per trovare il sistema più sicuro per raggiungere la Grecia, e quando ci sentivamo per telefono mi diceva di partire e di raggiungerlo, che non era difficile attraversare il confine tra Iran e Turchia, e che da Istanbul avremmo potuto proseguire insieme per la Grecia e quindi per il Nord Europa.

Alla fine la zia, che parlando a Quetta con i genitori di Karim aveva saputo che era arrivato senza tante difficoltà a Istanbul, mi convinse a partire. Continuava a ripetermi che per me era impossibile tornare in Afghanistan perché i nemici di mio padre avrebbero potuto uccidermi, e che lì a Teheran ero sempre esposto al rischio di essere preso un giorno o l'altro dalla polizia e rispedito in Afghanistan.

Quando decisi di partire, ne parlai con il mio amico Alijan. Gli dispiaceva molto perché si fidava di me e il lavoro in fabbrica andava bene, ma disse che era disposto ad aiutarmi e che avrebbe tenuto lui i miei soldi per darli al contrabbandiere che organizzava il viaggio, una volta che fossi arrivato a Istanbul.

Quando andai dal padrone, lui non voleva che io partissi e cercò di convincermi a restare dicendo: «Ti pago molto di più se resti».

Ma ormai avevo deciso.

L'ufficio

Il contrabbandiere che conoscevo e che aveva fatto arrivare i miei soldi alla zia in Pakistan aveva un ufficio nel quartiere di Imam Hossein, nel centro di Teheran. Si trattava apparentemente di un esercizio commerciale, da dove organizzava anche viaggi clandestini di afghani verso la Turchia.

Circa un mese prima di partire, io Javid e Tali, due amici che lavoravano con me nella fabbrica e che come me volevano andare a Istanbul, ci siamo recati in quell'ufficio per prendere accordi e decidere il giorno della partenza.

Tali era arrivato nella fabbrica di Teheran circa sei mesi prima di me. Anche lui veniva da Ghazni. Era alto di statura e molto intelligente. Sapeva scrivere al computer senza guardare la tastiera con grande velocità, e conosceva l'inglese.

Anche Javid veniva da Ghazni, dove l'avevo visto qualche volta, ed era arrivato nella fabbrica un anno prima di me. Era un tipo magro. Ora vive in Grecia, mentre Tali è arrivato in Australia.

Nell'ufficio del contrabbandiere a Teheran abbiamo conosciuto altri afghani che erano lì per lo stesso motivo. Le modalità del pagamento erano queste: lungo il percorso io non avrei dovuto dare soldi a nessun altro perché l'intera somma pattuita doveva andare al contrabbandiere di Teheran, il quale a sua volta si sarebbe occupato di pagare i suoi collaboratori che ci avrebbero aiutato nei vari posti. Appena arrivato a Istanbul, io avrei telefonato a Teheran al mio amico Alijan, al quale avevo consegnato il denaro, che avrebbe pagato il contrabbandiere.

Il maglione

Quando abbiamo preso gli accordi per il viaggio, però, il contrabbandiere non ci ha dato le giuste informazioni: non ci ha detto che avremmo dovuto attraversare le montagne percorrendo dei lunghi tratti a piedi e non ci ha dato alcun consiglio, se non quello di portare con noi una giacca a vento.

Mi sono preparato per il viaggio andando a fare acquisti insieme a Tali e Javid. Zaher dall'Inghilterra mi aveva dato come sempre dei consigli su cosa dovevo portarmi dietro da mangiare e come dovevo vestirmi.

Abbiamo comperato per ciascuno: un grosso pezzo di pane, quattro scatolette di tonno, un sacchetto di mandorle, un chilo di uva passa (che si conserva bene e dà molta energia), quattro bottigliette di acqua, quattro scatole di vitamine con dodici pastiglie ciascuna. Inoltre mi sono comperato un piccolo zaino marrone e una giacca a vento nera. Ho preso con me, ben nascosti come sempre nella cucitura dei pantaloni, 40mila toman e 100 dollari americani, e così hanno fatto Tali e Javid. Il resto dei miei soldi l'avevo lasciato ad Alijan per pagare il viaggio.

Nello zaino ho messo anche un po' di biancheria e un maglione, come mi aveva consigliato il mio amico "inglese" Zaher, che aveva sperimentato il freddo e la neve sulle montagne del Kurdistan tra l'Iran e la Turchia.

Un gruppo di sette

Siamo partiti un pomeriggio dalla fabbrica con un taxi – io, Tali e Javid – per andare al luogo dell'appuntamento, che era l'ufficio del contrabbandiere dove eravamo già stati. Qui abbiamo trovato altri quattro afghani hazara, con i quali avremmo formato un gruppo di sette che per un lungo tratto del viaggio sarebbe stato unito.

Due erano ragazzi sui diciassette anni, uno alto, Alijan, e uno più basso, Habiballah, che venivano da una località vicino a Bamiyan. Vivevano in Iran da tre anni, vicino a Qom, dove lavoravano in un grande macello di polli. Avevano intenzione di fermarsi per qualche tempo in Turchia, e poi forse sarebbero emigrati anche loro in Inghilterra dove, dicevano, era possibile guadagnare bene.

C'era anche un giovane sui diciannove anni, Amin, grande e grosso. Anche lui voleva andare in Europa. Aveva fatto per qualche anno il contrabbandiere tra l'Iran e Dubai, negli Emirati Arabi Uniti, lavorando per un gruppo di trafficanti che organizzava viaggi clandestini per i migranti afghani. Viveva un mese a Bandar-e Abbas, città sulla costa iraniana del Golfo Persico, e un mese a Teheran. I clandestini venivano portati prima nell'Oman e poi negli Emirati Arabi Uniti. Credo che anche mio fratello, quando era fuggito dall'Afghanistan, avesse seguito lo stesso percorso per arrivare a Dubai. Amin era il più esperto del gruppo.

Infine c'era un hazara più anziano, sui trent'anni, un uomo pio che pregava spesso e ci rimproverava perché non facevamo altrettanto. Si chiamava Alikhan e aveva lasciato l'Afghanistan per il Pakistan quando era bambino. Era cresciuto a Quetta, dove erano rimasti la moglie e un figlio. Si trovava in Iran da sei mesi e lavorava in una fabbrica di mattoni. Anche lui voleva andare in Europa.

Siamo stati in quell'ufficio ad aspettare e a chiacchierare per un'ora e mezza circa.

La macchina americana

Verso le cinque del pomeriggio, accompagnati da un contrabbandiere iraniano curdo, siamo partiti con due taxi che ci hanno lasciato in un'autostazione.

Poco dopo, erano circa le sei e cominciava a fare buio, siamo saliti su un normale pullman di linea il cui autista era stato pagato dal nostro accompagnatore. Ci hanno spiegato che saremmo dovuti salire dalla porta posteriore per non dare troppo nell'occhio, mentre l'autista avrebbe spento alcune luci all'interno.

Dopo due ore siamo arrivati a Qazvin, dove ci siamo fermati per una breve sosta, prima di proseguire per Tabriz, distante almeno trecento chilometri. A un certo punto si è rotto il motore, e abbiamo dovuto trascorrere la notte nel pullman. La mattina seguente, all'alba, è arrivato un altro contrabbandiere, anche lui iraniano curdo, con una grande macchina americana nera, sulla quale siamo saliti noi sette e il nostro accompagnatore.

Urmia

Abbiamo viaggiato per tre, forse quattro ore stipati in nove nella macchina americana, senza mai fermarci finché non abbiamo raggiunto il grande lago salato di Urmia. Qui ci siamo fermati in una cittadina di cui non ricordo il nome, siamo saliti su un traghetto di linea, che ha caricato anche la macchina, e abbiamo attraversato il lago giungendo nella città di Urmia, vicino al confine con la Turchia.

Lì il contrabbandiere che guidava l'auto ci ha portati a casa sua, mentre l'altro ci ha raggiunto dopo. L'abitazione si trovava in periferia, circondata da un orto e da un muro. C'erano anche sua moglie e due figli.

Qui il contrabbandiere ci ha chiesto dei toman, promettendo che li avrebbe cambiati per noi in lire turche e ce le avrebbe date quando fossimo arrivati al confine con la Turchia. «Non vi servono i toman in Turchia, è meglio se li cambiate qui, che prendete di più» ci ha detto. Sapevamo anche noi che avremmo dovuto trovare il modo di cambiare il denaro, però quel contrabbandiere non ci convinceva. Avevamo dei sospetti. Comunque, io gli ho dato 20mila toman, la metà di quelli che avevo.

Anche gli altri gli hanno dato all'incirca la stessa somma, tranne Amin, il nostro compagno di viaggio che gliene ha dati solo 5.000, cioè cinque euro. Evidentemente era più esperto e meno fiducioso di noi.

Raccolto il denaro il contrabbandiere se n'è andato.

Allarme!

Poco dopo, suo figlio, un bambino di circa otto anni, è venuto a dirci di nasconderci subito in una stalla nelle vicinanze perché stava arrivando la polizia. Distava dalla casa circa duecento metri. Dentro c'erano tre o quattro cavalli.

Abbiamo aspettato lì in silenzio.

Dopo mezz'ora sono entrati un bambino e una bambina curdi i quali, vedendoci, si sono spaventati e sono corsi via. Passato un po' di tempo è arrivata la mamma dei due bambini con una figlia più grande. La donna, quando ci ha visto e ha saputo chi eravamo, ci ha detto: «Ho chiamato la polizia, ma non sapevo che eravate degli afghani in fuga. I miei figli mi hanno detto che c'erano degli estranei nella stalla e io avevo paura che fossero dei ladri. Non voglio farvi del male. Andate via subito perché sta arrivando la polizia!».

Così abbiamo lasciato la stalla e siamo tornati nella casa da cui eravamo scappati poco prima. La polizia non è arrivata. La moglie del contrabbandiere ci ha dato del pane, del formaggio e dell'acqua da bere, ma avevamo appena cominciato a mangiare quando sono arrivati suo marito e l'altro contrabbandiere, i quali ci hanno detto: «Dovete partire subito! Ci sono due taxi che vi aspettano! Portate il cibo con voi!». Loro ci avrebbero seguito con un'altra macchina e ci saremmo incontrati al confine con la Turchia.

Ho infilato in fretta nello zaino un pezzo di pane e uno di formaggio, quindi siamo saliti sui due taxi sdraiandoci bene sotto i sedili per non farci scoprire.

Nemmeno il benzinaio dove abbiamo fatto una piccola sosta si è accorto di noi.

Carcasse

Abbiamo viaggiato sdraiati in quei taxi per almeno quattro ore, lungo una strada in salita piena di curve.

Finalmente siamo arrivati nei pressi di una casa sulla montagna, e siamo scesi. Dopo tutto quel tempo avevamo proprio bisogno di muoverci, non ce la facevamo più!

Era sera. L'abitazione apparteneva a un contrabbandiere curdo. Nelle vicinanze si vedeva un piccolo villaggio e non lontano giacevano, abbandonate, alcune carcasse di cavalli che emanavano un tanfo irrespirabile. Erano luoghi, quelli, come avremmo saputo in seguito, dove si praticava il contrabbando di benzina, e probabilmente le povere bestie erano morte di fatica portando attraverso il confine pesanti taniche.

In quella casa abbiamo finalmente mangiato bene: la moglie del contrabbandiere ci ha dato riso, carne e insalata. Oltre a noi, a tavola c'erano i loro cinque figli e lo zio. Con i curdi riuscivamo a capirci perché anche la loro lingua è simile al farsi.

Dopo cena il padrone di casa ha fumato oppio assieme ad altri contrabbandieri.

Quella notte abbiamo dormito in una stanza su alcuni materassi sistemati per terra. Per una volta, abbiamo riposato tranquillamente.

Pakaki

Il mattino seguente ci hanno svegliati molto presto: dovevamo nasconderci nelle vicinanze perché di giorno qualcuno si sarebbe potuto accorgere della nostra presenza lì dentro.

Nella zona c'erano molti guerriglieri indipendentisti curdi, chiamati Pakaki (nome che deriva dal loro partito, il Pkk, Partito curdo dei lavoratori), pronti ad assalire le persone che cercavano di attraversare clandestinamente il confine. Era capitato a molti profughi: i Pakaki li derubavano e li sequestravano, e poi li costringevano a telefonare ai familiari o agli amici i quali dovevano versare fino a 500 dollari su un conto bancario. Solo quando il versamento era stato effettuato venivano rilasciati.

Con lo zaino in spalla siamo saliti su una montagna lì vicino, accompagnati da un aiutante del contrabbandiere che ci aveva ospitati, e dopo aver camminato una mezz'ora ci siamo nascosti dietro le rocce, in un posto dove nessuno poteva vederci.

Siamo restati lì, fermi e in silenzio, tutta la mattina. A mezzogiorno un vecchio curdo ci ha portato uova e pane e dell'acqua da bere. Poi se n'è andato e noi siamo rimasti lì tutto il pomeriggio.

Quando cominciava a fare buio, è arrivato il nostro accompagnatore di Teheran che ci ha portati di nuovo nella casa dove avevamo passato la notte. Gli abbiamo chiesto dov'era il suo amico, quello a cui avevamo dato i toman da cambiare in lire turche, e ci ha risposto che lo aspettava anche lui, ma che non sapeva quando ci avrebbe raggiunti.

A quel punto abbiamo capito che non sarebbe più ritornato.

A cavallo

Vicino alla casa ci aspettavano numerosi cavalli carichi di taniche. Ciascuno di noi è dovuto salire velocemente su un cavallo che portava quattro taniche, due da una parte e due dall'altra, tranne Amin, il nostro amico grande e grosso, che ne montava uno scarico perché era troppo pesante!

Era buio pesto e non vedevo quasi niente. Oltre a noi sette c'erano almeno cinque contrabbandieri e diversi cavalli che trasportavano soltanto taniche, ma non riuscivo a capire quanto fosse lunga la nostra carovana.

In Afghanistan ero salito a cavallo qualche volta, nel paese dove viveva la zia, ma solo per gioco, andando al passo e con qualcuno che conduceva l'animale tenendolo per le redini. Mi piaceva, ma lì, al buio, in mezzo alle montagne, era tutta un'altra cosa.

La nostra carovana si è messa subito in marcia.

Procedevamo al buio, in silenzio, lungo un sentiero ripido, in mezzo alle rocce. I contrabbandieri conoscevano bene il posto e solo qualche volta, quando il sentiero era riparato dalle rocce, accendevano le pile.

Il mio cavallo cercava ogni tanto di tornare indietro e allora un contrabbandiere si avvicinava e lo colpiva col bastone. Il sentiero era talmente ripido e pieno di grossi sassi che io e un altro ragazzo siamo caduti, prendendo una botta alla schiena, ma per fortuna senza farci troppo male.

Siamo andati avanti così per quasi sei ore. La strada non finiva più. Un po' si saliva, poi si scendeva, poi si saliva di nuovo. Cercavo di tenere ben salde le briglie per non cadere un'altra volta.

Mar Nero
Istanbul
Ankara
TURCHIA
CIPRO
SIRIA
Mar Mediterraneo
LIBANO

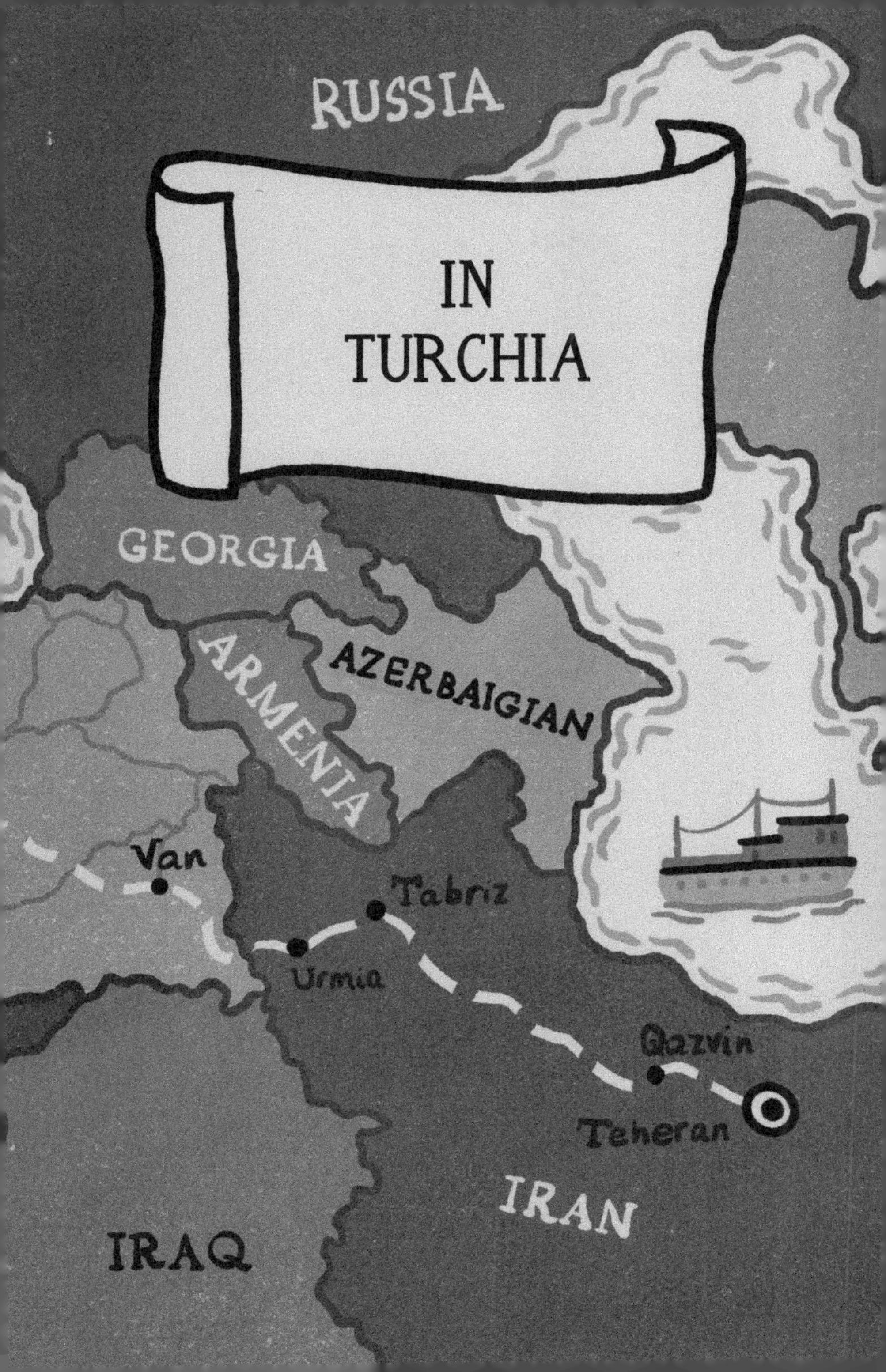
IN
TURCHIA
RUSSIA
GEORGIA
ARMENIA
AZERBAIGIAN
Van
Tabriz
Urmia
Qazvin
Teheran
IRAN
IRAQ

La baracca

Verso le due di notte siamo arrivati in un minuscolo villaggio: saranno state cinque case in tutto, ma erano più belle di quelle che c'erano in Iran e da questo abbiamo capito che eravamo in Turchia. Era il Kurdistan turco. Un contrabbandiere curdo ci ha nascosto in una baracca vicino alla sua bellissima abitazione, dicendoci di stare in silenzio perché c'era il pericolo di essere scoperti dalla polizia di confine. L'uomo che ci aveva accompagnato da Teheran non c'era più, era tornato indietro; l'altro iraniano che doveva portarci le lire turche era sparito con i nostri soldi... Per fortuna gliene avevamo dato solo una parte.

Nella baracca dove eravamo nascosti c'era un caminetto, ma era spento e faceva molto freddo. Ci siamo sdraiati per terra cercando di dormire. Eravamo stanchissimi dopo quel viaggio a cavallo. E anche affamati: da mezzogiorno avevo mangiato soltanto qualcosa di quello che conservavo nello zaino. Avevo indosso sia il maglione sia la giacca a vento, ma faceva troppo freddo e non riuscivo a prendere sonno. Battevo i denti. Nemmeno gli altri riuscivano a dormire.

Quando siamo arrivati alla baracca c'erano altri due giovani afghani, hazara come noi.

Avranno avuto poco più di vent'anni. Ci hanno raccontato che erano riusciti a entrare in Turchia e avevano tentato di fuggire con un gommone da Smirne verso la Grecia, ma una volta in mare erano stati fermati dalla polizia. Avevano dovuto scontare un mese di carcere, e poi erano stati rispediti in Iran, dove si erano fermati sei mesi.

Adesso avrebbero riprovato a entrare in Turchia per poi ritentare la fuga verso la Grecia e da lì verso l'Europa del Nord. Abbiamo trascorso la notte a chiacchierare... tanto dormire era impossibile.

La gola

La mattina dopo, il figlio del padrone di casa, un ragazzo di circa dodici anni, è venuto a dirci che dovevamo nasconderci in fretta nella vicina gola scavata da un ruscello, perché di giorno la zona era battuta dalle pattuglie della polizia di confine e bisognava restare nascosti fuori casa fino alla sera. Siamo andati di corsa nel posto che ci aveva indicato e che distava una decina di minuti dalla baracca. Sono venuti anche i due giovani che c'erano già quando eravamo arrivati. Siamo rimasti lì senza muoverci fino a mezzogiorno, quando il figlio del contrabbandiere è venuto a chiederci del denaro per comperarci del cibo. Io non volevo pagare e gli ho risposto che il contrabbandiere di Teheran che aveva organizzato tutto ci aveva detto di non dare soldi a nessuno. Ma gli altri hanno ceduto e così anch'io gli ho dato qualche toman, forse 2.000. Poco dopo è tornato portandoci un po' di pane e formaggio. Da bere avevamo l'acqua del ruscello, quasi in secca.

Il tappeto

La sera è arrivato un altro contrabbandiere, un uomo sui trentacinque anni con un solo cavallo, e ci ha detto di seguirlo a piedi. I due giovani afghani che si erano aggiunti al nostro gruppo ci hanno spiegato che facevano così perché nel caso fossimo stati avvistati dalla polizia, loro sarebbero potuti scappare a cavallo, abbandonandoci. Avevano paura, perché sapevano di rischiare dieci anni di carcere.

Un po' camminando e un po' correndo per tener dietro al cavallo, abbiamo percorso un difficile sentiero fatto di salite e discese, mentre diventava sempre più buio. Dopo quasi tre ore, quando era ormai scesa la notte, siamo arrivati in un altro piccolo villaggio.

Ci siamo rimasti quattro giorni, chiusi dentro l'abitazione del contrabbandiere che ci aveva accompagnato a cavallo. Era una bella casa. Il pavimento in terra battuta della stanza in cui eravamo alloggiati era coperto da un tappeto, ma l'uomo ci ha detto di arrotolarlo e metterlo in un angolo perché non voleva che lo sporcassimo. Ci ha anche ammonito a non stenderlo di nuovo per terra quando lui se ne fosse andato.

Dovevamo dormire sulla nuda terra, faceva un freddo terribile, ma almeno c'era il bagno e potevamo finalmente farci la doccia, addirittura con l'acqua calda!

Cinquanta dollari

A un certo punto il contrabbandiere, che viveva in un appartamento vicino con la moglie, due figli e la vecchia madre, ci ha chiesto di sborsare 50 dollari americani a testa, ma io gli ho risposto che avevo già pagato per il viaggio a Teheran, prima di partire, e che il responsabile dell'organizzazione ci aveva detto che non dovevamo dare soldi a nessuno. Anche gli altri si sono rifiutati, e lui a quel punto non ha insistito.

Dal momento che non potevamo uscire, trascorrevamo il tempo chiacchierando o dormendo.

La nostra stanza era abbastanza grande e aveva una finestra coperta da una tenda. Il padrone di casa ci aveva detto di tenere sempre tutto chiuso, ma quando lui non c'era tiravamo la tenda e aprivamo la finestra per cambiare l'aria e respirare. Eravamo in nove, e non siamo mai usciti durante i quattro giorni che abbiamo trascorso lì!

Il cibo lo portava la vecchia madre del padrone di casa, al mattino verso le 10.30 e poi la sera, alle 17.00: ci dava solo pane e latte, e qualche volta del formaggio. Noi avevamo fame e volevamo mangiare anche qualcos'altro, ma lei ci rispondeva sempre: «Non c'è altro».

L'uomo pio, quel nostro compagno di viaggio più anziano, continuava a pregare, di giorno e di notte, con la corona del rosario in mano. Io ridevo, ogni tanto, perché non ero abituato a quelle preghiere, e lui si arrabbiava e mi diceva che per la mia irriverenza sarei stato castigato, sarei stato preso dalla polizia e ricacciato indietro.

Soli

Quattro giorni dopo, un pomeriggio, il padrone di casa ci ha fatto salire su un camioncino con le sponde molto alte dove potevamo stare seduti senza essere visti. Non è venuto con noi, e nemmeno i due giovani che erano stati nelle prigioni turche, perché sarebbero partiti con un altro gruppo. Abbiamo imboccato una strada sterrata di montagna, in salita, piena di buche e di sassi. Sobbalzavamo così tanto che era difficile stare seduti dritti.

Finalmente, dopo due ore ci siamo fermati in una zona disabitata tra le rocce. L'autista ci ha detto: «Scendete, e state qui nascosti senza muovervi, che non vi scoprano le guardie di confine o i Pakaki. Tra un po' ritornerò». E se n'è andato col suo camioncino.

Siamo rimasti lì ad aspettare almeno quattro ore, ma lui non arrivava. Era quasi buio. Allora abbiamo capito che eravamo stati abbandonati.

Non sapevamo cosa fare, dove andare. Continuavamo a chiederci per quale motivo ci avesse abbandonato: forse perché non avevamo dato i 50 dollari al padrone di casa? O forse perché era arrivata la polizia, oppure i guerriglieri curdi. Che fare? Fermarci? Aspettare ancora?

Alla fine abbiamo deciso di metterci in cammino, anche se non sapevamo dove andare. Ma non potevamo rimanere lì fermi, dovevamo provare ad arrivare da qualche parte. Così abbiamo vagato su e giù per i sentieri di quella montagna per un bel po', al buio, finché, a un certo punto, ci siamo fermati al riparo di una roccia per dormire. Eravamo stanchissimi, amareggiati, arrabbiati. Faceva molto freddo la notte. Ci siamo stretti l'uno accanto all'altro per scaldarci. Per fortuna avevo con me il maglione oltre alla giacca a vento, altrimenti sarei morto congelato! Zaher mi aveva consigliato bene.

Ero furibondo, invece, con il contrabbandiere di Teheran che aveva organizzato tutto e che avrei dovuto pagare: non mi aveva detto del freddo, né delle lunghe marce in montagna, non mi aveva dato nessun consiglio. Pensavo che sarebbe stato un viaggio molto più veloce e più facile, anche se Zaher mi aveva avvertito che ci potevano essere delle difficoltà.

E adesso anche il nostro accompagnatore ci aveva abbandonato!

Quattro giorni

Siamo rimasti su quella montagna per quattro giorni e quattro notti. Non avevamo praticamente più niente da mangiare. A me erano rimaste solo alcune pastiglie di vitamine e un po' di uva passa. Anche Tali e Javid avevano solo qualche pastiglia. Alijan e Habiballah avevano finito il cibo, e così Amin, l'ex contrabbandiere. L'uomo pio continuava a lamentarsi: «Perché sono venuto? Non voglio morire qui! Ho moglie e figli!».

Cominciava a farmi male il piede destro perché mi si era rotta la suola della scarpa da ginnastica e mi ero ferito sulle rocce. Ma continuavamo a camminare sperando di arrivare da qualche parte.

Non siamo morti solo perché a un certo punto abbiamo trovato un ruscello e così abbiamo potuto bere e riempire d'acqua le bottigliette vuote che avevamo conservato. Da mangiare, però, non si trovava nulla.

Di giorno c'era il sole, di notte faceva sempre molto freddo. Camminavamo sempre più lentamente perché non avevamo più forze, avanzando sul terreno roccioso ed evitando i sentieri per timore di essere catturati dalla polizia e portati in prigione. Per lo stesso motivo il terzo giorno, quando abbiamo scorto tre o quattro case in lontananza e dall'alto abbiamo visto dei pastori che fischiavano per richiamare le pecore, non ci siamo avvicinati.

Il mio piede continuava a peggiorare.

Separazione

La mattina del quarto giorno ci siamo messi in cammino molto presto, quando era ancora buio, perché non ci vedessero i pastori. Abbiamo camminato per un po' ma il piede mi faceva penare, sanguinava e si era formata una piaga. Ho preso un calzino dallo zaino e l'ho messo dentro la scarpa per proteggere la ferita, però ormai non ce la facevo più a camminare, anche se Tali, Javid e l'uomo pio mi sorreggevano a turno. Ero debolissimo, sentivo che non avevo più forze, anche perché non mangiavamo da troppo tempo.

Non potevo andare avanti così. Dall'alto della montagna, dov'eravamo, si vedeva una strada. Ho detto ai miei compagni che sarei sceso fin lì per cercare aiuto.

Loro non volevano, sostenevano che era una pazzia, che la polizia mi avrebbe preso, messo in prigione e rimandato in Iran. Soprattutto Amin insisteva nel dirmi che non dovevo farlo. Ma gli ho risposto che preferivo che la polizia mi riportasse in Iran piuttosto che morire su quella montagna, e me ne sono andato. Javid, Tali e l'uomo pio sono venuti con me, mentre Amin, Alijan e Habiballah sono rimasti sulla montagna.

La strada non era vicina come sembrava a vederla dall'alto. Il piede sanguinava ancora, ma almeno avevo ripreso un po' le forze. Ho dovuto camminare un'altra ora, sempre sorretto dai miei compagni. Era metà mattina quando abbiamo raggiunto la strada che conduceva a Van, dove dovevamo arrivare. Abbiamo provato a fare l'autostop. Ogni tanto passava qualche camion o qualche macchina, ma nessuno si fermava.

Ospitalità

Ci siamo incamminati e dopo un paio di chilometri siamo arrivati in un villaggio curdo. Abbiamo bussato alla porta di una piccola casa. Un uomo molto gentile, sui quarant'anni, è venuto ad aprirci e ci ha fatto entrare. Nella cucina c'erano anche sua moglie e sua figlia. Sono stati tutti molto cortesi, ci hanno fatto sedere e ci hanno dato pane e formaggio da mangiare e acqua da bere. Vedevano che eravamo affamati e stanchi e che non riuscivamo più a reggerci in piedi. Io ho cambiato il calzino che proteggeva la ferita del mio piede. Il padrone di casa ha tolto una soletta da un suo paio di scarpe e me l'ha data perché la mettessi nella mia, così la ferita era più protetta.

Abbiamo raccontato loro un po' delle nostre peripezie e che volevamo raggiungere Van.

Il padrone di casa ci ha consigliato di evitare la strada principale perché non lontano c'era un posto di blocco della polizia e ci ha indicato un sentiero che saliva sulla montagna e poi scendeva nuovamente sulla strada. In questo modo avremmo aggirato il posto di controllo e avremmo potuto ritentare l'autostop per arrivare a Van.

Abbiamo ringraziato il padrone di casa e la sua famiglia per la generosa accoglienza e siamo ripartiti. Erano stati davvero ospitali!

In Iran parlano male dei curdi, ma quella famiglia ci aveva aiutato senza conoscerci e senza chiederci nulla. Non la dimenticherò mai.

Il pastore

Ci siamo avviati lungo il sentiero di montagna e dopo circa due ore di cammino, verso le quattro del pomeriggio, abbiamo incontrato un giovane pastore curdo che aveva un gregge di pecore e capre. Ci ha chiesto dove eravamo diretti. Quando ha saputo che stavamo cercando di evitare il posto di blocco della polizia, ci ha suggerito di fermarci lì ad aspettare che fosse buio, perché altrimenti rischiavamo di essere visti. Poi ci avrebbe accompagnato lui per il sentiero giusto che portava alla strada. Ci siamo nascosti dietro le rocce ad aspettare. Dopo circa tre ore, quando si stava facendo sera, il pastore è ritornato e l'abbiamo seguito.

Si vedeva che conosceva molto bene la zona. A un certo punto, arrivati all'altezza di un riparo, ci ha detto: «Fermatevi qui a dormire, e domani mattina scendete sulla strada. Non è lontana».

L'abbiamo ringraziato, ci siamo salutati, e se n'è andato senza chiederci nulla.

La fuga

All'alba del giorno dopo siamo scesi sulla strada. Ci sbracciavamo per chiedere un passaggio, ma nessuno si fermava e così abbiamo continuato a piedi per almeno un paio d'ore. Andavamo piano perché il piede mi faceva sempre male, anche se adesso era più protetto e la ferita non sanguinava più. Finalmente siamo arrivati a un autogrill.

Il padrone ci ha visto mentre eravamo fuori, ci ha invitato a entrare e ha voluto sapere da dove venivamo e dove stavamo andando, così l'uomo pio gli ha raccontato la nostra storia.

Allora, vedendo che eravamo stanchi, magri, affamati e con le labbra screpolate, e che io zoppicavo, ci ha dato pane e formaggio e del tè nero. Siamo andati fuori a mangiare, ma mentre eravamo lì è arrivato un poliziotto con la motocicletta, che ci ha notato e ci ha chiesto i documenti. Quando gli abbiamo risposto che non li avevamo ci ha detto che sarebbe entrato un momento per telefonare e che dovevamo stare lì ad aspettarlo. Mentre era al telefono, però, il padrone dell'autogrill è uscito e ci ha detto sottovoce di scappare su una montagna lì vicino e di nasconderci. Non ce lo siamo fatto ripetere due volte e ci siamo precipitati su quell'altura nascondendoci dietro il muro di una casa in rovina. La paura della polizia era tale che non ho pensato al male e allo sforzo che stavo facendo con il mio piede ferito.

Siamo stati lì fermi ad aspettare. Da quel nascondiglio vedevamo l'autogrill. Trascorsa una mezz'ora è arrivata un'auto della polizia, gli agenti sono entrati nel locale e poco dopo sono usciti e ripartiti.

Riuniti!

Allora abbiamo abbandonato il nostro nascondiglio e abbiamo cominciato a salire verso la cima della montagna. Non sapevamo dove andare, così abbiamo cercato di non allontanarci troppo dalla strada, su cui prima o poi saremmo dovuti tornare per cercare un passaggio fino a Van.

Dopo un po' di tempo siamo arrivati in una piccola valle e abbiamo scorto sul versante opposto i tre amici da cui ci eravamo separati due giorni prima: Amin, Alijan e Habiballah.

Abbiamo fatto un fischio e ci hanno raggiunto subito. Eravamo contenti di ritrovarci! Ci siamo raccontati cosa era successo: noi eravamo stati fortunati perché avevamo mangiato due volte, mentre loro avevano solo bevuto acqua e non toccavano cibo da sei giorni. Erano stravolti, magri, ma noi non avevamo nulla da mangiare per loro.

Era circa mezzogiorno quando ci siamo rimessi in cammino, scegliendo i sentieri più riparati per non farci vedere.

Siamo andati avanti fino a sera, camminando piano e fermandoci ogni tanto perché i nostri amici non avevano più forze.

La settima notte

Quando già cominciava a fare buio, ci siamo trovati a un bivio: da una parte avrebbero potuto passare delle macchine, dall'altra, essendo la strada molto sconnessa, saremmo stati più sicuri.

Abbiamo scelto la seconda opzione. Dopo un po', invece, si è fermato un fuoristrada. Guidava un curdo, accompagnato da due giovani sui vent'anni che potevano essere i suoi figli. L'uomo, che non indossava la divisa, ma era armato, ci ha chiesto i documenti e la nostra destinazione.

Quando ha saputo che no, non li avevamo ed eravamo diretti a Van ha esclamato: «A Van? Ma mancano cento chilometri!». Poi ha aggiunto che era pericoloso girare per quelle montagne perché i Pakaki avrebbero potuto derubarci, sequestrarci e persino ucciderci. Voleva chiamare la polizia, ma noi lo abbiamo implorato di non farlo perché i poliziotti ci avrebbero picchiato. Era meglio se ci presentavamo noi spontaneamente alla polizia il giorno dopo. Allora ci ha consigliato di fermarci a dormire dove eravamo, e di tornare all'autogrill il mattino seguente, se volevamo sopravvivere. Su quella montagna non avremmo trovato nulla e non saremmo arrivati da nessuna parte. Potevamo finire soltanto nelle mani dei Pakaki. Poi se n'è andato.

Abbiamo seguito il suo consiglio e ci siamo fermati a dormire tra le rocce. Era la settima notte consecutiva che dormivamo all'aperto, faceva un freddo terribile e battevamo i denti. Abbiamo riposato molto poco.

Quell'uomo aveva ragione. Ci siamo detti: qui finiamo per morire, meglio tornare all'autogrill e chiamare la polizia.

Rassegnàti

Il giorno dopo ci siamo rimessi in cammino per consegnarci alla polizia, ma l'autogrill era più lontano di quanto avessimo immaginato e ci siamo arrivati soltanto a pomeriggio inoltrato.

Eravamo distrutti, senza forze, specialmente i nostri tre amici che non mangiavano da una settimana. E il piede continuava a farmi male.

A quel punto non avevamo più voglia di fare nulla, desideravamo solo un po' di cibo e riposo. Il padrone del locale ci ha dato qualcosa da mangiare. Gli abbiamo chiesto di chiamare la polizia perché ci riportasse al confine con l'Iran. Lui però voleva aiutarci: aveva un fratello poliziotto che era il comandante di una stazione di polizia a cinque chilometri da lì, nella direzione opposta a quella per Van. Gli avrebbe telefonato per chiedergli di non picchiarci.

Rassegnati, abbiamo seguito il suo consiglio e ci siamo incamminati lentamente lungo la strada. Cercavamo di fermare le auto e i camion che andavano verso Van, ma nessuno ci dava retta.

Avevamo perso la speranza e ci ripetevamo l'un l'altro che ormai non c'erano alternative: dopo tutte quelle fatiche, quel lungo viaggio, le notti all'addiaccio, la fame, il freddo, dovevamo tornare in Iran! Eravamo amareggiati e tristi.

A un certo punto, dopo un paio di chilometri, ci siamo imbattuti in due camion fermi a bordo strada. Gli autisti stavano cambiando l'olio. Senza crederci troppo, abbiamo chiesto loro se stavano andando a Van e potevano darci un passaggio. Ci hanno risposto di sì, e di colpo ci siamo sentiti pieni di quella speranza e di quel coraggio che fino a un attimo prima avevamo perso. Ci siamo abbracciati. Vedevo le mie stesse emozioni riflesse negli occhi lucidi dei miei compagni che brillavano di felicità. Era una sensazione speciale questo passaggio improvviso dalla disperazione e dalla rassegnazione alla contentezza e all'allegria, che è esplosa tra noi con grandi abbracci.

Siamo saliti in quattro su un camion e in tre sull'altro e ci siamo sistemati dentro la cabina. L'autista conosceva bene quella strada e ci avvertiva quando ci stavamo avvicinando a un posto di blocco. Allora dovevamo sdraiarci sul fondo della cabina e stare immobili per non essere visti dai poliziotti. Abbiamo superato così due controlli.

Verso le dieci di sera, l'autista ci ha detto che il terzo

posto di blocco della polizia era il più difficile da superare, e che dovevamo scendere dal camion, prendere un sentiero che attraversava una collina, e ridiscendere sulla strada, dove c'era un autogrill. Loro si sarebbero fermati lì per una sosta e noi avremmo potuto raggiungerli.

Siamo scesi e i due camion sono ripartiti.

Il segnale

Abbiamo cominciato ad arrampicarci su per la collina. C'era uno spicchio di luna e si vedeva qualcosa, ma il sentiero era scosceso.

Ero stanchissimo, il piede mi faceva male. Anche gli altri erano senza forze. Abbiamo camminato un paio d'ore tra le rocce, faticosamente, cercando sempre di non allontanarci troppo dalla strada. A un certo punto abbiamo visto sotto di noi una luce molto forte: poteva essere l'autogrill dove ci avevano dato appuntamento i camionisti, ma anche il posto di polizia. Da quella distanza non riuscivamo a capirlo, anche a causa del bagliore.

«È l'autogrill!» ho esclamato. Non potevo esserne sicuro, ma ormai non ce la facevo più.

Gli altri non erano per niente convinti. Amin ha replicato: «No, secondo me quello è il posto di polizia!».

«Be', in ogni caso è meglio rischiare che stare qui» ho ribattuto io. «Se i camion ripartono siamo nei guai.»

Gli altri però continuavano a non essere d'accordo e ripetevano: «No, è troppo pericoloso, aspettiamo che venga giorno!».

Allora ho detto loro che sarei sceso da solo: se fosse stato l'autogrill, una volta arrivato mi sarei fatto prestare la pila dal camionista e avrei fatto loro dei segnali. Se non li avessero visti voleva dire che era il posto sbagliato; io mi sarei nascosto ad aspettare che facesse giorno e poi li avrei raggiunti.

Terrore

Mi sono incamminato da solo verso la luce. Non c'era un sentiero, il pendio era piuttosto ripido e non riuscivo a vedere bene dove mettevo i piedi. Via via che avanzavo il terreno era sempre più scosceso, finché a un certo punto sono caduto e ho cominciato a rotolare. Ho preso uno spavento terribile. Mi sono rialzato, ma poco dopo sono scivolato di nuovo. Ruzzolando, sono arrivato sulla strada e mi sono rimesso in piedi. Ero pieno di botte ed escoriazioni, e anche il piede mi faceva male. Ho camminato per alcuni minuti in direzione della luce.

A un certo punto mi sono venuti incontro due cani lupo che ringhiavano nel buio e mi giravano intorno. Ero terrorizzato. Mi si sono rizzati i capelli e mi è scaturito dalla gola uno strano verso: istintivamente mi sono ritrovato a ringhiare anch'io verso di loro, e ha funzionato, perché sono rimasti a distanza.

Per fortuna, dopo forse un minuto sono arrivati due soldati che hanno richiamato i cani e poi mi hanno portato con loro in una piccola caserma. Sono stati gentili.

Vedevano che ero malmesso, pieno di escoriazioni, magro, con le labbra screpolate. Mi hanno fatto sedere e mi hanno chiesto i documenti.

Ho detto loro che andavo a Istanbul a trovare mio fratello, che era in un ospedale, ammalato, e che al confine una guardia iraniana mi aveva strappato dalle mani e stracciato il documento di identità.

I militari parlavano turco e io cercavo di spiegarmi a gesti, perché non riuscivamo a capirci. Mi hanno dato da mangiare del pane e dei pomodori, e dell'acqua da bere.

Dopo una mezz'ora mi hanno portato con la macchina al comando e mi hanno fatto entrare in una mensa dove c'erano diversi soldati. Poi è arrivato il comandante, che mi ha chiesto se avessi mangiato e ha cominciato a farmi le solite domande: chi ero, da dove venivo e dove andavo.

Io ho ripetuto che ero afghano, che andavo a trovare mio fratello malato, che al confine una guardia iraniana mi aveva strappato i documenti, che da sette giorni giravo per le montagne senza mangiare, che cercavo di arrivare a Van in autostop per poi prendere un autobus diretto a Istanbul.

Lui allora ha pronunciato una parolaccia contro l'iraniano che mi aveva strappato i documenti, mi ha fatto portare un hamburger, del pane e dell'acqua, e ha ordinato ai suoi uomini di accendere la tv. Così sono rimasto lì un paio d'ore a guardarla, ma non ricordo cosa trasmettevano. Ero troppo stanco.

Incredibile!

Quasi non ci credevo: proprio quando ero ormai rassegnato a essere rispedito in Iran e mi pareva già tanto che non mi avessero picchiato, i soldati hanno chiesto a due camionisti curdi fermi nel piazzale della caserma di darmi un passaggio fino a Van. In cambio, avrebbero chiamato tutti i posti di blocco perché li lasciassero passare.

Loro hanno risposto di sì. Andavano addirittura ad Ankara, e potevano portarmi direttamente lì, dove avrei potuto prendere l'autobus per Istanbul.

Per arrivare ad Ankara dovevamo attraversare quasi tutta la Turchia. Il viaggio era molto lungo.

Saranno state le tre di notte quando sono salito sul loro camion. Abbiamo salutato i soldati e siamo partiti. I due autisti si alternavano alla guida. Ogni tanto c'era un posto di blocco, così si fermavano e si davano il cambio.

A un certo punto uno dei due mi ha chiesto se ero musulmano e ha recitato una sura del Corano.

Dai gesti che facevano durante le preghiere, che sono diversi da quelli di noi sciiti, ho intuito che erano sunniti.

Abbiamo superato Van. Mi sforzavo di stare sveglio per capire dove stavamo andando, anche se ogni tanto la stanchezza aveva la meglio e mi assopivo. Ero esausto, ma anche contento. Non mi pareva vero che mi fosse andata bene. Pensavo anche ai compagni di viaggio che avevo lasciato. Chissà dov'erano. Io ero stato fortunato, almeno fino a quel momento. Ma loro?

La pastiglia

A un certo punto mi è venuto un mal di testa così forte che mi lamentavo per il dolore.

L'uomo alla guida mi ha dato una pastiglia e una bottiglietta d'acqua, ma io ho messo in bocca la pastiglia e ho soltanto finto di inghiottirla perché avevo paura che cercassero di drogarmi o di addormentarmi.

In Iran, infatti, avevo sentito raccontare di bambini e anche di adulti che mentre andavano in taxi erano stati addormentati con caramelle, pastiglie o bevande e poi erano stati portati in certe cliniche dove avevano asportato loro un rene per trapiantarlo su persone che pagavano moltissimi soldi. Sapevo che esiste un traffico internazionale di organi e che in molti sono diventati vittime di queste organizzazioni.

Così ho tenuto la pastiglia in bocca per qualche secondo; poi, senza farmi vedere, l'ho messa in tasca. Più tardi l'ho buttata via.

Generosità

Era quasi mattina quando ci siamo fermati in un autogrill. I due uomini mi hanno detto che dovevano andare a fare delle consegne e che sarebbero tornati a prendermi verso sera. Hanno parlato con i due proprietari dell'autogrill, curdi anche loro, un uomo giovane, alto e grosso, e un altro più anziano, più basso e con i baffi, poi hanno caricato delle taniche di benzina sul loro camion e se ne sono andati.

I due uomini del locale mi hanno trattato molto bene. Io ho raccontato loro la storia di mio fratello malato a Istanbul e del passaporto strappato. Il più giovane si è preso cura di me: mi ha dato da mangiare uova e prosciutto, mi ha permesso di farmi la doccia e mi ha anche prestato i suoi vestiti perché potessi lavare i miei. Non mi sembrava vero di potermi togliere di dosso tutta la sporcizia del viaggio.

Ho potuto pulire e fasciare anche la ferita al piede. Poi abbiamo chiacchierato ancora. Io gli ho raccontato della mia avventura sulle montagne, senza però accennare ai miei amici.

Allora lui mi ha dato 55 lire turche (circa 30 euro) e mi ha detto di nasconderle e di non dire niente a nessuno, che mi sarebbero tornate utili per arrivare fino a Istanbul.

Poi ho dormito a lungo su un divano nell'ufficio del padrone. Finalmente al caldo, dopo tanti giorni.

Le ragazze

Verso sera sono tornati i due uomini, che sono andati a dormire in un'altra stanza, mentre io sono rimasto sul divano dell'ufficio dove avevo riposato durante il giorno.

Il mattino seguente, verso le otto, quando mi sono alzato, ho rivisto i due camionisti insieme a due ragazze con cui parlavano non in curdo ma in turco.

Ho messo i miei indumenti quasi asciutti nello zaino, ho salutato e ringraziato i padroni dell'autogrill che erano stati tanto gentili e generosi con me e siamo partiti, gli autisti con le due ragazze sul sedile davanti e io sdraiato dietro.

Durante il tragitto siamo arrivati in una città, dove le due ragazze sono scese e noi abbiamo proseguito. Abbiamo viaggiato tutto il giorno, fermandoci solo qualche volta per andare in bagno e mangiando biscotti e acqua sul camion.

Era quasi mezzanotte e mancava ormai poco ad Ankara, quando hanno ricevuto una telefonata.

Subito dopo mi hanno detto che dovevano tornare indietro, così mi hanno fatto scendere in un piccolo autogrill, dicendomi di proseguire in autostop.

Avevo un po' di paura, perché temevo di essere fermato dalla polizia e rimandato in Iran, ma non avevo alternative e ho cercato di procurarmi un passaggio.

Autostop

Ogni tanto dei pullman facevano una sosta all'autogrill, ma nessuno era diretto a Istanbul. Passavano dei camion e qualche automobile, ma non si fermavano. Non so quanto tempo sono rimasto lì, forse due o tre ore. Allora mi sono messo in cammino. Il piede per fortuna non mi faceva più così male.

Dopo un'ora sono arrivato in una stazione di servizio più grande.

Vicino al distributore di benzina c'era un uomo che puliva i parabrezza delle auto. Aiutandomi con i gesti ho cercato di spiegargli che volevo andare a Istanbul. Quando ha capito che venivo dall'Afghanistan, mi ha fatto entrare nell'autogrill.

Dentro c'erano due poliziotti che mangiavano. Mi ha portato da loro. I poliziotti, senza interrompere il loro pasto, mi hanno chiesto i documenti e mi hanno fatto le solite domande, alle quali ho risposto raccontando la solita storia. Allora hanno chiamato il padrone, gli hanno detto di darmi da mangiare e se ne sono andati.

Il proprietario dell'autogrill mi ha portato della minestra, pane e acqua.

Quando ho finito di mangiare, "l'uomo dei parabrezza" mi ha detto che quella non era la strada per Istanbul e mi ha consigliato di proseguire a piedi fino a un incrocio dove c'era un negozietto che vendeva bevande e restava aperto tutta la notte: lì avrei potuto chiedere agli automobilisti che si fermavano se erano diretti a Istanbul.

Arrivato in poco tempo a quell'incrocio, sono entrato nel negozio e ho chiesto al padrone dove potevo mettermi a fare l'autostop per Istanbul. Lui mi ha indicato il punto migliore sulla strada, ma dopo un'ora non si era ancora fermato nessuno. Era freddo. Cominciava a fare giorno. Ero stanchissimo perché avevo passato in piedi tutta la notte.

Tredici lire

A un certo punto il negoziante è uscito per aiutarmi a fermare qualche automobile facendo ampi gesti con le braccia. Niente! Non rallentava nessuno. Ricordo di avergli chiesto se voleva mettersi la mia giacca a vento, visto che si gelava, ma lui mi ha risposto che era meglio che la tenessi io. Quando finalmente è passato un suo amico e si è fermato, si era fatto giorno.

Il padrone del negozio gli ha chiesto se mi portava a una fermata dell'autobus. Lui ha acconsentito, così ho salutato e ringraziato il negoziante e sono partito con il suo conoscente. Dopo circa mezz'ora di macchina siamo arrivati alla fermata dell'autobus, dove sono sceso e mi sono messo di nuovo a fare l'autostop. Ho aspettato un bel po', ma poiché non si fermava nessuno mi sono messo in cammino. Ho proseguito lungo la strada tutta la mattina. Ogni tanto sporgevo il braccio con il pollice alzato, senza alcun risultato.

Finalmente si è fermato un pullmino. Ho chiesto all'autista se fosse diretto a Istanbul. Mi ha risposto che era diretto in una cittadina prima di Ankara. Da lì avrei potuto raggiungere la capitale con l'autobus e poi proseguire per Istanbul. Il viaggio costava 13 lire turche (circa 7 euro). Sono salito e ho pagato con le lire turche che mi aveva regalato il padrone dell'autogrill dove ero stato a dormire.

Era quasi mezzogiorno.

La telefonata

Dopo un'ora di viaggio sono arrivato in questa cittadina di cui non ricordo il nome, sono entrato in un negozio e ho comperato una scheda telefonica internazionale. Finalmente potevo telefonare!

Ho chiamato il mio amico Alijan e il contrabbandiere dell'ufficio commerciale di Teheran che aveva organizzato il viaggio. Ho raccontato loro che il contrabbandiere curdo, quando eravamo arrivati a casa sua, ci aveva chiesto 50 dollari a testa, che noi non glieli avevamo dati e che dopo eravamo stati abbandonati sulle montagne. Il trafficante di Teheran mi ha detto: «Ma cosa dici? È impossibile! Adesso chiamo il collega che vi ha abbandonato!». Apparentemente non mi aveva creduto, ma in seguito ho saputo da Alijan che a quell'uomo, visto come ci avevano trattati, aveva dato soltanto 150 dollari, invece dei 900 pattuiti.

Il contrabbandiere di Teheran mi ha detto poi di continuare fino a Istanbul e lì, come concordato, il suo collega afghano mi avrebbe trovato un posto dove fermarmi in attesa di proseguire per l'Europa.

Ho memorizzato subito il numero di telefono del suo collega, come faccio sempre: fin da quando siamo fuggiti dall'Afghanistan mi avevano detto che non era prudente portare con sé penne, quaderni o agende con indirizzi, nomi, numeri telefonici. E neanche carte geografiche, mappe, guide. Nemmeno la pila. Era pericoloso, perché la polizia avrebbe potuto scambiarmi per un contrabbandiere.

Il figlio del negoziante, un bambino, mi ha indicato dove potevo trovare un taxi che mi avrebbe portato alla stazione da cui partivano gli autobus per Ankara. Arrivato lì ho comperato il biglietto e verso l'una del pomeriggio sono salito su un pullman pieno di gente. Avrò speso circa 20 lire turche, tra taxi e autobus.

Ankara

Il viaggio è durato due ore. Ogni tanto mi addormentavo. Finalmente siamo arrivati alla stazione degli autobus di Ankara, dove ho comperato per 20 lire turche un biglietto per Istanbul, non alla biglietteria, dove avrebbero potuto chiedermi i documenti, ma da un uomo nel piazzale della stazione che li vendeva gridando: «Biglietti per Istanbul! Biglietti per Istanbul!».

A quel punto erano rimaste soltanto un paio di lire delle 55 che mi aveva regalato il padrone dell'autogrill, ma erano bastate per pagare il viaggio fino a Istanbul e avevo ancora i miei 100 dollari cuciti nei pantaloni. Dovevo conservarli con cura, perché il viaggio per arrivare in Europa era ancora molto lungo e io non sapevo quanto tempo avrei dovuto fermarmi in Turchia e in Grecia.

Ho aspettato più di due ore in stazione. Dopo essere stato in bagno a lavarmi sono rimasto seduto, tranquillo, cercando di non farmi notare perché ero terrorizzato all'idea che la polizia turca potesse fermarmi e rispedirmi in Iran.

Finalmente è arrivato l'autobus, che si è subito riempito perché c'erano anche molti turisti.

Era un pullman di lusso, molto confortevole. Siamo partiti dopo le 17.00. Ci hanno distribuito dei cracker e della Coca-Cola. C'era anche la macchinetta del caffè. La strada era piena di curve, di salite e di discese, ma io ho dormito per quasi tutto il viaggio.

Ero stato in piedi tutta la notte e adesso, avvicinandomi a Istanbul, mi sentivo anche più tranquillo. Là avrei ritrovato il mio amico Karim. Per lui, grazie al passaporto falso che gli avevano procurato i suoi genitori, il viaggio clandestino tra l'Iran e la Turchia era stato più facile e veloce. E al confine, sulle montagne, aveva dovuto camminare solo mezz'ora, per passare da una macchina all'altra! Era arrivato a Istanbul in due giorni.

Io invece ne avevo impiegati sedici, in gran parte trascorsi senza mangiare, dormendo all'aperto, camminando per ore e ore sulle montagne e lungo le strade.

Eppure, rispetto agli amici che avevo lasciato sulla montagna, ero stato fortunato: pensavo spesso a loro, e mi chiedevo come se la stessero cavando.

Istanbul

Sono arrivato a Istanbul alle dieci di sera. Ricordo che abbiamo attraversato il lungo ponte che unisce l'Asia all'Europa. La città era vivace, piena di traffico, di negozi e di gente per le strade.

Alla stazione degli autobus, dove ci siamo fermati, ho

telefonato al contrabbandiere afghano che mi era stato indicato e che doveva venire a prendermi. Questi mi ha detto di prendere un taxi fino al parco di Zeytinburnu, uno dei più noti della città.

Ero arrivato da pochi minuti quando mi ha raggiunto un afghano hazara che mi ha accompagnato, sempre a piedi, in una casa a due piani non molto lontano da lì. Ci siamo arrivati facendo un giro tortuoso per evitare che qualcuno potesse seguirci.

Nel piano dove avrei abitato c'erano almeno una quarantina di afghani. La maggioranza erano hazara, ma c'erano anche dei pashtun. Erano per lo più giovani dai diciassette ai diciannove anni. Ero praticamente l'unico a essere arrivato lì da solo: il mio gruppo l'avevo perso per strada.

L'uomo che mi aveva accompagnato era l'aiutante del contrabbandiere responsabile di quell'appartamento, al quale dovevo fare riferimento per qualsiasi cosa mi servisse. Mi ha dato un asciugamano e della biancheria per cambiarmi, mi ha detto che non potevo uscire, che lì dentro bisognava parlare sottovoce, che dovevo stare attento a non fare rumore perché c'era sempre il pericolo che arrivasse la polizia. Se ci avessero scoperti, lui avrebbe dovuto pagare una grossa somma e noi, naturalmente, saremmo stati rispediti indietro, magari dopo essere stati in prigione, come era capitato ai due ragazzi che avevo incontrato sulle montagne del Kurdistan.

Mi sono fermato lì per sette giorni. Vivevamo in quattro stanze abbastanza grandi, più una cucina e un bagno. Dormivamo sul pavimento coperto da un tappeto, con lo zainetto come cuscino. Il responsabile assegnava i turni per i lavori di casa (a me toccava lavare i piatti) e raccoglieva i soldi per comperare il cibo e l'acqua minerale. Consumavamo tre pasti al giorno e mangiavamo discretamente – pollo, patate, riso, verdura –, anche se avevamo il sospetto che il responsabile ci facesse pagare il cibo più di quanto costasse.

Il secondo e il terzo giorno siamo rimasti senza acqua e non abbiamo potuto lavarci. Passavamo il tempo a chiacchierare e a dormire. C'era anche la televisione e guardavamo i film turchi o lo sport.

Minacce

Ogni tanto un gruppetto partiva per tentare il viaggio verso la Grecia, e ne arrivava un altro.

Una mattina sono partiti in undici. Avevano pagato 500 dollari americani per la traversata notturna del mare con due gommoni a remi, ma la sera del giorno dopo sono ritornati. Hanno raccontato che erano rimasti in mare per alcune ore e quando erano sbarcati si erano resi conto di essere ancora in Turchia. Erano furibondi con i contrabbandieri. Hanno telefonato al capo dell'organizzazione minacciandolo che se non fosse venuto sarebbero andati dalla polizia. Quando è arrivato – ricordo che era un uomo grosso, sui quarant'anni, e portava gli occhiali – continuava a dire «Calma, calma» perché gli altri si arrabbiavano e volevano indietro i loro soldi. Gli dicevano che il contrabbandiere che li aveva accompagnati al gommone aveva dato loro le indicazioni sbagliate, ma lui sosteneva che non era possibile, e che di certo erano stati loro a sbagliare direzione in mare. Sono andati avanti a discutere per un po', finché a un certo punto uno dei ragazzi ha minacciato il contrabbandiere capo di vendicarsi sulla sua famiglia: «Chiamerò mio zio e farò ammazzare qualcuno dei tuoi!» gli ha gridato. Si conoscevano perché venivano entrambi da Quetta, dove avevano dei negozi: l'uomo arrabbiato stava andando in Europa proprio per ampliare l'attività commerciale dello zio, che lavorava nel ramo dell'abbigliamento.

Alla fine l'ha spuntata lui, e il capo dei contrabbandieri ha detto: «Va bene, va bene, vi restituirò i soldi o vi organizzerò un altro viaggio».

Non so come sia andata a finire perché poco dopo ho lasciato quell'appartamento. Il mio amico di Teheran, Alijan, aveva chiamato il contrabbandiere di Istanbul e si era fatto dare il numero di telefono del responsabile dell'appartamento in cui alloggiavo e poi aveva telefonato a Karim dandogli il recapito. Così, dopo una settimana dal mio arrivo a Istanbul, Karim è venuto a prendermi...

Ritrovare Karim

Che gioia ritrovarci! Quando ho raccontato a Karim le peripezie che avevo affrontato quasi non ci credeva, perché il suo viaggio era stato invece veloce e tranquillo. Gli ho raccontato anche di Tali e Javid, che lui conosceva bene perché avevamo lavorato tutti insieme nella fabbrica di Teheran, e degli altri che avevo perso per strada.

Lui mi ha parlato della vita a Istanbul e delle difficoltà per trovare il giusto contatto che lo avrebbe fatto arrivare in Grecia. Bisognava avere pazienza, mi ha detto, non era così facile partire, ma a Istanbul tutto sommato si stava bene.

Karim aveva un cellulare e così gli ho chiesto se mi faceva telefonare all'*amma* Hava in Pakistan: non la sentivo da quando ero partito da Teheran! Quando la zia ha sentito la mia voce quasi è scoppiata a piangere per la gioia. Mi ha detto che era molto preoccupata perché erano passati già diciassette giorni dall'ultima volta che le avevo dato mie notizie, nemmeno Alijan sapeva dove fossi, e pensava che mi fosse successo qualcosa di grave. Anche questa volta, come quando ero partito da Quetta per l'Iran, lei aveva fatto delle offerte ai poveri perché pregassero che mi andasse tutto bene.

Ho parlato un po' anche con mia sorella. Nel periodo in cui mi sono fermato a Istanbul ogni tanto le chiamavo.

Karim viveva all'ultimo piano di una casa di cinque, in un grande appartamento di cinque stanze dove erano alloggiati una trentina di afghani, tutti hazara, di età compresa tra i sedici e i trent'anni. Il più piccolo adesso ero io, che di anni ne avevo quattordici.

Sopra di noi, sul tetto, c'era una grande terrazza. Avevamo la tv satellitare e potevamo vedere tanto sport.

L'appartamento era molto più bello e più comodo dell'altro.

Aiutante

Anche qui c'era un contrabbandiere responsabile dell'appartamento, un hazara sui quarant'anni che veniva da Bamiyan, la città delle statue del Buddha. Karim era il suo aiutante e dopo un po' lo sono diventato anch'io.

Il responsabile, che si fidava ciecamente di Karim perché non rubava, raccoglieva tra le persone alloggiate il denaro per comperare cibo e bevande, poi mandava noi nei negozi a fare acquisti. E siccome lavoravamo per lui, noi non pagavamo nulla.

Era un lavoro delicato, perché dovevamo stare molto attenti a non dare nell'occhio. A quanto pareva, in giro c'erano molti poliziotti in borghese. Andavamo in diversi negozi: in uno comperavamo il pane; nell'altro l'acqua o la Coca-Cola; in un altro ancora verdure o patate; in macelleria la carne; in rosticceria i polli già pronti. Per non suscitare sospetti non facevamo mai grossi acquisti, magari in un supermercato, e cambiavamo spesso negozio. Inoltre per tornare a casa sceglievamo sempre percorsi nuovi e tortuosi... Karim era diventato un esperto in questo.

Il responsabile ci affidava anche altri compiti molto delicati, come quello di accompagnare all'appartamento i nuovi inquilini che arrivavano ogni settimana o poco più. Ci trovavamo in punti diversi della città che i profughi afghani raggiungevano alla spicciolata, mai in gruppo, al massimo in due o tre per ogni luogo. E noi, percorrendo strade diverse e in momenti diversi, li accompagnavamo all'appartamento.

Intanto Alijan mi aveva fatto arrivare 400 dollari americani tramite il contrabbandiere capo di Istanbul. Era una parte dei soldi che avevo guadagnato nella fabbrica dove avevo lavorato con lui e che gli avevo lasciato prima di partire. Perché a Istanbul non guadagnavo e, anche se cercavo di non spendere molto, ne avevo bisogno.

Nave o gommone?

Io e Karim siamo rimasti a Istanbul tre mesi, mentre gli altri afghani partivano per la Grecia, perché volevamo prendere la nave e non il gommone: questi ultimi, infatti, erano imbarcazioni a remi, tonde o rettangolari e di diverse dimensioni, che per la traversata tra la Turchia e la Grecia non sembravano molto affidabili. Per prendere la nave, che partiva da Smirne e arrivava ad Atene, però, bisognava aspettare molto tempo, anche quattro o cinque mesi, e sborsare 3.500 dollari americani, sette volte più del viaggio in gommone.

Oltre che estremamente costosi, erano viaggi molto complicati da organizzare. Bisognava pagare tante persone, e dare anche molti soldi alla polizia, o almeno così dicevano i contrabbandieri. E poi non potevano essere molto frequenti, sia perché dovevano essere preparati bene, sia per non destare troppi sospetti.

Nell'appartamento si parlava molto del viaggio verso la Grecia, del gommone, dei rischi, di quelli che erano stati presi e rispediti indietro, dei morti che c'erano stati, della nave, del tempo che bisognava aspettare, dei costi, di quello che sarebbe accaduto in Grecia una volta arrivati.

Ognuno aveva delle storie da raccontare. Tutti conoscevano dei familiari, o dei parenti, o degli amici che erano partiti.

Quando raccontavo agli altri inquilini che avevo deciso di aspettare la nave, qualcuno mi diceva: «Allora sei ricco! Se io avessi 3.500 dollari americani non andrei certo in Europa, sarei già andato in Australia o negli Stati Uniti!». Erano pochi quelli che sceglievano il traghetto, perché dovevano fermarsi a Istanbul molto tempo e spendere quindi altri soldi per viverci.

Per preparare quelli che si apprestavano a partire a ciò che li aspettava, e per evitare che, se fosse successo qualcosa, qualcuno protestasse per non essere stato avvertito, o volesse indietro i soldi, il contrabbandiere responsabile del gruppo spiegava come ci si doveva comportare e quali erano i rischi del viaggio in gommone: era facile capovolgersi, si poteva affondare per il brutto tempo, c'era il rischio di perdersi in mare perché di notte era difficile orientarsi.

Negli ultimi tempi la traversata in gommone era diventata più costosa – si era passati da 500 a 600 dollari americani – e si doveva pagare in anticipo, mentre chi partiva con la nave pagava all'arrivo.

Il gruppo in partenza veniva accompagnato di notte alla spiaggia dai contrabbandieri e poi doveva arrangiarsi.

Mentre ero lì, sette dei nostri compagni afghani che erano partiti con il gommone erano stati presi dalla polizia e rimandati in Iran. Il responsabile ci aveva avvisati che le partenze erano state fermate per un po' di tempo perché, diceva, erano aumentati i controlli. Ma di tutti gli altri che erano partiti non sapevamo nulla.

Karim si era convinto ad aspettare la nave fin da quando era arrivato a Istanbul, e anch'io pensavo di fare lo stesso, anche perché il mio amico Zaher, da Londra, me lo raccomandava ogni volta che ci sentivamo al telefono.

Il viaggio di Zaher

Zaher continuava a ripetermi di non prendere il gommone a remi perché lui, che l'aveva fatto due anni prima, sapeva quanto fosse pericoloso. Era stata una bruttissima esperienza, diceva, la peggiore della sua vita.

Anche Zaher era originario di Ghazni, dove aveva vissuto con la mamma e tre fratelli più grandi. Il papà era stato deportato in Russia durante la guerra con l'Unione Sovietica e non era più tornato, come il mio nonno paterno. Ci eravamo ritrovati a Quetta. Poi lui aveva deciso di partire per l'Europa.

Nelle nostre telefonate mi aveva raccontato anche che durante il viaggio tra l'Iran e la Turchia, mentre attraversavano le montagne del Kurdistan, un suo compagno era morto sotto una valanga. Successivamente, per passare dalla Turchia alla Grecia, aveva preso il gommone perché aveva pochi soldi.

Più che un gommone in effetti si trattava di un canotto, su cui erano saliti in quattro. Erano partiti la sera intorno alle undici, senza avere idea di dove sarebbero arrivati. Era buio, non vedevano niente. Erano stati in mare tutta la notte finché al mattino erano arrivati in un'isola greca. Qui erano stati trattenuti per tre mesi in un campo profughi dove ogni tanto venivano sottoposti a delle visite mediche. Alla fine era riuscito a raggiungere Atene dove, usando lo stesso sistema che aveva insegnato anche a me, si era legato sotto un tir che partiva per l'Italia. Era arrivato in un porto non molto lontano da Roma, e quando il camion si era fermato per una sosta, mezz'ora dopo aver lasciato la nave, lui era sceso, aveva fatto autostop fino alla capitale e da lì aveva preso il treno per Milano e poi per Parigi. Nessuno gli aveva chiesto i documenti. Da Parigi si era poi spostato nel Nord della Francia, sulla costa di fronte all'Inghilterra. Lì era riuscito a nascondersi sotto un tir che attendeva di salire su un traghetto per la Gran Bretagna, poi era arrivato a Londra, dove aveva ottenuto asilo politico e dove ora lavorava e studiava.

Era il percorso che volevo fare anch'io, con l'unica differenza che non dovevo prendere il gommone tra la Turchia e la Grecia perché era troppo pericoloso. Questo mi aveva raccomandato Zaher e anche la zia, che sentivo ogni tanto al telefono, mi diceva la stessa cosa.

Così sono rimasto tre mesi a Istanbul ad aspettare la nave.

Javid e Tali

In quel periodo sentivo abbastanza spesso Alijan, e nel corso di una conversazione telefonica mi ha raccontato cosa era capitato a Javid e Tali, i due compagni di lavoro nella fabbrica di Teheran che erano partiti con me e che avevo lasciato sulle montagne del Kurdistan insieme all'uomo pio, ad Amin, e ai due ragazzi.

Dopo avermi salutato, erano rimasti nascosti per un po' ad aspettare che facessi loro il segnale concordato e poi, visto che non arrivava, avevano deciso di fermarsi lì a dormire e di aspettare il giorno.

Al mattino si erano convinti anche loro a scendere: erano sfiniti, affamati, alcuni di loro non mangiavano da molti giorni. Rischiavano di morire su quella montagna.

Appena scesi, erano arrivati i cani e poi i soldati. Li avevano portati al comando ed erano rimasti tre giorni in carcere, dove erano stati picchiati e avevano ricevuto poco da mangiare. Dopodiché li avevano riportati al confine con l'Iran.

Qui avevano camminato un po' sulle montagne, ma un gruppo di Pakaki li aveva sequestrati. Erano stati costretti a telefonare a familiari o amici in Iran perché pagassero il riscatto: ciascuno di loro avrebbe dovuto versare su un conto corrente bancario 500mila toman, l'equivalente di 500 euro. La somma non era molto elevata, ma il versamento doveva avvenire velocemente.

Erano stati picchiati e minacciati di morte. Tali e Javid avevano telefonato ad Alijan, che aveva pagato subito per loro due, e anche gli altri avevano trovato qualcuno disposto ad aiutarli. Così, dopo neanche una settimana, erano stati lasciati liberi.

Quando erano tornati a Teheran nella fabbrica di Alijan erano ridotti male ed erano dovuti rimanere a riposo per una settimana. Poi avevano ripreso a lavorare e con il loro stipendio, di circa 300mila toman al mese, avevano potuto restituire i soldi del riscatto ad Alijan. Degli altri non si era saputo più nulla da quando erano rientrati in Iran.

Tali, otto mesi dopo, ha ritentato il viaggio e questa volta gli è andata bene: adesso vive e lavora in Norvegia. Javid è riuscito a emigrare in Grecia, dove tuttora vive, lavora e guadagna bene.

L'attesa

Sono arrivato a Istanbul a metà febbraio del 2005 e mi sono fermato lì fino a metà maggio.

Mi sono trovato bene durante quei tre mesi. La città è bellissima, la più bella di quelle che ho visto. Ci sono palazzi splendidi, c'è la metropolitana, un bazar che è più bello di quello di Teheran, tanti negozi che vendono tappeti iraniani, parchi per giocare, e di sera è piena di luci, di gente che gira, c'è tanta vita. È più costosa di Teheran, ma meno dell'Italia.

Nel tempo libero, quando non dovevamo aiutare il contrabbandiere, io e Karim andavamo a giocare a pallone con i ragazzi turchi. Qualche volta siamo stati anche in spiaggia, ma questo solo negli ultimi tempi, quando faceva molto caldo. Spesso andavamo nei *phone center*, dove pagando poco si poteva usare internet e telefonare in tutto il mondo. Cercavo i siti in persiano e chattando mi tenevo in contatto con Alijan a Teheran, con la zia e mia sorella a Quetta, con Zaher a Londra, e con Nabi, l'amico che mi aveva aiutato ad attraversare la palude al confine tra Afghanistan e Iran, e che ora viveva ad Atene e ci aspettava per aiutarci.

Nabi

Avevo ripreso i contatti con Nabi appena ero arrivato a Istanbul. Era più grande di me, aveva trent'anni ed era cresciuto a Ghazni anche lui. Ci conoscevamo bene. Ci eravamo ritrovati a Teheran, dove lavorava come falegname. Poi era partito per tentare il viaggio verso l'Europa del Nord, però non era mai riuscito ad arrivarci. Aveva provato diverse volte a entrare nel parcheggio dei tir che partivano dal porto di Patrasso, ma era sempre stato scoperto dalla polizia. Era stato anche picchiato. Da un anno viveva ad Atene e lavorava in uno stabilimento dove costruivano caminetti. Si trovava bene in Grecia.

Ci eravamo sentiti diverse volte al telefono quando ero a Teheran e lui mi aveva detto che mi avrebbe aiutato. Quindi si era fatto dare da Alijan il numero di cellulare di Karim e quando ero arrivato a Istanbul mi aveva rintracciato.

«Quando parti avvertimi, che preparo un posto per te e Karim a casa mia ad Atene» mi aveva detto, e così abbiamo fatto quando finalmente è venuto il momento di partire.

Smirne

A metà maggio abbiamo saputo che la traversata in nave era stata organizzata: ci aveva avvertito Alijan da Teheran, prima ancora che lo facesse il responsabile dell'appartamento. Anche in questo caso sarebbe stato lui a pagare i 3.500 dollari concordati per la traversata direttamente al contrabbandiere di Teheran, una volta che fossi arrivato sano e salvo ad Atene.

Abbiamo avvertito Nabi che stavamo arrivando, e poi Karim e io ci siamo preparati per la partenza. Nei nostri zaini abbiamo messo un po' di indumenti, due bottigliette d'acqua, un pezzo grande di pane, dei biscotti. Ci avevano assicurato che avremmo camminato a piedi soltanto un paio d'ore.

Il mattino del giorno stabilito abbiamo lasciato l'appartamento e ci siamo presentati a casa di un giovane pachistano, come ci avevano indicato. Il ragazzo e Karim hanno scambiato qualche parola in urdu, poi ci ha fatto salire al secondo piano della palazzina e ci ha detto di aspettare.

Nel pomeriggio sono arrivate altre persone, ma nessuna dell'Afghanistan. Lì abbiamo trascorso la notte. Era un appartamento grande ma sporco. Il bagno puzzava. Non ci hanno dato niente da mangiare e ci hanno fatto dormire sul pavimento che avevamo coperto con dei fogli di giornale per non sporcarci.

La mattina dopo, verso le otto, è arrivato un furgoncino a prenderci per portarci a Smirne, dove ci saremmo imbarcati. Eravamo una quindicina, pigiati in quel furgoncino: Karim e io eravamo gli unici afghani; poi c'era un ragazzo curdo iracheno di diciassette anni, con il quale abbiamo un po' chiacchierato; gli altri, tutti intorno ai trenta-quarant'anni, provenivano in parte dal Bangladesh e in parte dal Pakistan.

Ci accompagnavano due contrabbandieri curdi. Il viaggio è durato tutto il giorno ed è stato molto pesante. Era uno di quei piccoli van utilizzati di solito per trasportare merci e mancava l'aria perché non c'erano i finestrini. Lungo il percorso si è anche bucata una ruota, ma sono scesi soltanto i contrabbandieri per cambiarla.

Siamo arrivati nelle vicinanze di Smirne verso le nove di sera, quando era già buio.

Il dono dell'acqua

Il furgoncino ci ha lasciato su una montagna.

Lì c'erano altre persone che aspettavano. In tutto saremo stati una cinquantina. Molti erano afghani, giovani, soprattutto pashtun, ma c'erano anche due hazara e due tagiki; gli altri provenivano dal Pakistan e dal Bangladesh; inoltre c'erano alcuni curdi e due donne africane, sui trent'anni, con i loro costumi caratteristici. Parlando con loro in inglese, Karim aveva saputo che provenivano dalla Somalia.

Ci siamo incamminati per un sentiero, guidati dal contrabbandiere curdo che ci aveva accompagnato e che era molto esperto del territorio. Aveva una trentina d'anni, e avendo lavorato a Teheran conosceva il persiano, così abbiamo potuto parlare con lui. Pensavamo di camminare per un paio di ore, come ci era stato detto, invece abbiamo scarpinato su e giù lungo quei sentieri impervi per tutta la notte. Per fortuna c'era la luna e riuscivamo a vedere dove mettevamo i piedi. Ogni tanto il gruppo si fermava per consumare un rapido spuntino, oppure semplicemente per tirare il fiato, perché il contrabbandiere ci faceva anche correre dicendoci che eravamo in ritardo e che dovevamo arrivare in un certo punto prima che facesse giorno, per non rischiare di essere scoperti dalla polizia. Verso le sei del mattino abbiamo raggiunto una piccola valle boscosa, dove ci siamo fermati.

Il contrabbandiere ci ha detto che avremmo dovuto aspettare lì fino alle 16.00. Non dovevamo muoverci, anzi ci conveniva dormire, perché poi avremmo camminato ancora. Quindi se n'è andato.

Karim e io avevamo finito l'acqua perché sul furgoncino faceva molto caldo e l'avevamo bevuta tutta.

Per fortuna le due donne africane e un afghano pashtun ci hanno dato da bere.

Morti?

Alle 16.00 il contrabbandiere curdo è ritornato e siamo ripartiti. Alle due donne africane, mentre dormivano, qualcuno aveva rubato l'acqua e loro erano molto arrabbiate. Abbiamo camminato per ore in quella valle, con il contrabbandiere che continuava a dirci di accelerare, altrimenti saremmo arrivati in ritardo. Abbiamo continuato anche col buio. Le soste erano brevissime. Molti si lamentavano perché non ce la facevano più. Eravamo tutti stanchissimi, affamati e assetati. Verso le dieci di sera, dopo sei ore di cammino, nove persone del gruppo si sono fermate, sfinite. Non volevano più proseguire. Erano pachistani, soprattutto, e qualcuno del Bangladesh, più le due donne africane. Ci urlavano di fermarci, di aspettarli, di aiutarli.

La nostra guida ha intimato ai loro connazionali di tornare indietro per soccorrerli, ma questi si sono rifiutati. Allora il contrabbandiere e alcuni afghani li hanno presi a bastonate gridando che era un loro dovere dare una mano ai compagni, e che non potevano abbandonarli.

Un afghano pashtun mi ha afferrato e mi ha gridato: «Sei pachistano, va' ad aiutare i tuoi connazionali!».

Quando gli ho risposto che ero afghano mi ha lasciato stare.

Anche noi eravamo sfiniti e non bevevamo un goccio d'acqua da molte ore. Non avevo le forze per aiutare nessuno: mi dispiaceva per le due donne somale e per il pashtun che ci avevano dato la loro acqua, ma io non ero in grado di aiutarli.

La discussione e le botte sono durate a lungo, almeno un'ora, ma non c'è stato niente da fare: nessuno voleva tornare indietro. Il contrabbandiere a quel punto ci ha detto che dovevamo muoverci perché altrimenti saremmo arrivati in ritardo: la nave non poteva aspettare. Dovevamo abbandonare i nostri compagni.

Siamo ripartiti. Loro urlavano e chiedevano aiuto, ma nessuno in quella valle in mezzo alle montagne poteva sentirli. Non abbiamo più saputo nulla di loro.

La barca

Verso mezzanotte siamo arrivati alla costa, su una scogliera di enormi massi. Eravamo talmente assetati che ci siamo precipitati a bere l'acqua del mare... ma questa non faceva che aumentare la sete.

Siamo rimasti lì ad aspettare almeno un'ora. Finalmente è arrivata la nostra piccola nave. Più che una nave, in realtà, era una barca lunga venti metri circa.

Siamo saliti. Il contrabbandiere curdo se ne è andato. Sull'imbarcazione c'erano due greci, forse padre e figlio. Il più anziano stava al timone, mentre l'altro stava di guardia e scrutava il mare con un cannocchiale.

C'erano cinque cabine, dove ci siamo sistemati, due bagni e una sala più grande.

Hanno subito distribuito delle bottigliette d'acqua ma finivano rapidamente perché continuavamo a bere. Abbiamo bevuto tantissimo. In seguito ci hanno dato anche del pane. Abbiamo dormito sul pavimento perché faceva molto caldo.

La traversata è durata ventisei ore, dall'una di quella notte fino alle tre della notte seguente. Durante il giorno ci hanno permesso di uscire dalle cabine e andare in coperta. Abbiamo ricevuto ancora del pane e dell'acqua.

Era una giornata di sole e quello era il mio primo viaggio in mare. Avevo attraversato il lago di Urmia con il traghetto, durante il percorso tra l'Iran e la Turchia, ma il mare era un'altra cosa. Non si vedeva né l'inizio né la fine. Non si vedeva che acqua e cielo. Abbiamo scorto soltanto un battello in lontananza, nient'altro.

Mar Egeo
GRECIA
Patrasso
Atene
Mar Ionio

IN GRECIA

L'astuto tagiko

Alle tre di notte siamo arrivati nel mare di Atene, in un piccolo porto non molto lontano dalla città. Qui, dopo un po' di tempo, è venuto un pullman a prenderci. Eravamo una quarantina. Ci hanno detto di sdraiarci sotto i sedili perché non ci vedessero da fuori e hanno fatto nascondere nel bagagliaio due ragazzi afghani, un pashtun e un tagiko.

Abbiamo viaggiato per circa due ore finché siamo arrivati davanti a una fabbrica. Qui ci hanno fatto scendere. Quando sono usciti dal bagagliaio, i due ragazzi afghani respiravano a fatica. Il tagiko, appena fuori, è scappato di corsa per evitare di pagare.

Nella fabbrica siamo rimasti due giorni in attesa che fossero pagati i 3.500 dollari del viaggio con la barca. Ci hanno sistemati in uno stanzone vicino all'ambiente in cui lavoravano gli operai della fabbrica e, benché i macchinari facessero molto rumore, dovevamo rimanere in silenzio durante il turno di lavoro, dalle 8.00 alle 16.00, per non rischiare che qualcuno si accorgesse della nostra presenza. Quando gli operai se ne andavano potevamo uscire da quello stanzone e muoverci all'interno della fabbrica, ma non fuori. In un angolo c'erano una piccola toilette e una doccia. Restavamo seduti per terra tutto il giorno e sempre per terra dormivamo, su un pavimento rivestito di piastrelle. Ci portavano da mangiare formaggio e pollo.

Insieme a noi c'era un pachistano che lavorava al servizio del contrabbandiere. Aveva un cellulare per controllare gli aggiornamenti sui pagamenti del viaggio, e quando arrivava la conferma che il compenso era stato accreditato chi aveva pagato poteva partire. Ho subito fatto uno squillo con il suo telefono ad Alijan per farmi richiamare e avvisarlo che eravamo arrivati vicino ad Atene e che poteva pagare i 3.500 dollari per me e Karim (i soldi per lui li aveva ricevuti dai suoi genitori).

Così, dopo due giorni, il padrone della fabbrica ci ha accompagnato ad Atene di notte con la sua auto.

A quel punto nella fabbrica erano rimaste una quindicina di persone.

Atene

Il padrone della fabbrica ci ha lasciati nel centro della città. Dovevamo telefonare al mio amico Nabi perché venisse a prenderci, ma per farlo dovevamo cambiare i dollari americani in euro e comperare una scheda telefonica, solo che era notte fonda ed era tutto chiuso.

Finalmente abbiamo trovato un *phone center* pachistano – lo si capiva dalle insegne luminose – e siamo entrati. Karim, che parla un po' di urdu, ha chiesto se potevamo pagare in dollari americani, ma il padrone non ne voleva sapere. Aveva paura dei controlli della polizia, ci ha detto.

Nel negozio c'erano due afghani tagiki che stavano chattando, e quando hanno capito che eravamo afghani anche noi ci hanno pagato la telefonata. Così ho chiamato Nabi, il quale ci ha dato appuntamento a una fermata degli autobus in piazza Omonia, non lontano dal *phone center.*

Ci ha avvisato che avrebbe impiegato un po' di tempo ad arrivare, vista l'ora. I due tagiki sono stati molto gentili e ci hanno accompagnato in questa piazza, che distava dieci minuti a piedi. Lì abbiamo aspettato circa un'ora, finché è arrivato Nabi con un autobus. Ci siamo salutati calorosamente, felici di ritrovarci dopo tanto tempo, e poi ci ha portati a casa sua.

Libertà

Nabi abitava in un bell'appartamento al piano terra di un grande fabbricato. Ci siamo fermati lì quattro giorni. Lui andava a lavorare e tornava la sera. Ci aveva lasciato le chiavi in modo che potessimo muoverci liberamente e visitare la città, ma noi non siamo andati molto in giro.

Andavamo qualche volta nei negozi vicini a comperare da mangiare, o al mercato cinese, o a giocare a pallone. Spesso trascorrevamo il tempo nei *phone center.* Karim chattava con Quetta e io navigavo in internet o telefonavo alla zia e ai miei soliti amici, Alijan e Zaher.

Ad Atene mi sentivo finalmente libero! Ero arrivato

in Europa, anche se non era ancora l'Europa del Nord, e non avevo più paura, nemmeno dei controlli dei poliziotti! «Ad Atene i poliziotti non ti chiedono i documenti» ci aveva detto Nabi.

Nel suo appartamento c'era anche la tv satellitare, così potevamo vedere i programmi in lingua persiana. Con Nabi, la sera, discutevamo del da farsi: partire? Rimanere un po'? Dovevamo tentare il viaggio nascosti sotto un tir in partenza dal porto di Patrasso, come aveva fatto Zaher e come aveva provato a fare inutilmente Nabi. Lui ci diceva che c'era già troppo caldo per partire, che era meglio aspettare. Il viaggio in estate era più pericoloso. Avremmo potuto fermarci per un po' in Grecia, trovare un lavoro in campagna – non era difficile in quella stagione –, guadagnare un po' di soldi e poi decidere se fermarci ancora o partire per il Nord Europa.

Abbiamo seguito il suo consiglio, anche perché mi erano rimasti solo 200 dollari, e gli abbiamo chiesto di trovarci un lavoro.

Patrasso

Nabi ci ha trovato un posto nella raccolta dei pomodori a Lapas, un paese a un'ora da Patrasso, la città dove c'era il porto dal quale un giorno avremmo dovuto tentare la partenza per il Nord Europa. Da Atene a Patrasso ci volevano due ore di pullman.

Nabi ci aveva suggerito di recarci al campo profughi, prima di partire per Lapas, perché da lì passano tutti quelli che partono per l'Italia, quindi avremmo potuto raccogliere tutte le informazioni necessarie per il nostro viaggio e magari incontrare anche qualche persona di nostra conoscenza che ci avrebbe potuto aiutare.

Siamo partiti da Atene verso le otto di sera, dopo aver salutato e ringraziato Nabi, con il quale comunque saremmo rimasti in contatto, e arrivati a Patrasso ci siamo recati al campo profughi. Si trovava in un boschetto tra due strade, una che conduceva al porto, distante circa quattrocento metri, e l'altra che portava in città. C'erano una trentina di baracche di lamiera o di cartone circondate da alberi e da un muretto, e in ogni baracca c'era una lampadina. Ne ho vista persino una con l'antenna della televisione. Si entrava e si usciva liberamente, non c'era nessun controllo.

A quell'ora i più stavano mangiando nelle loro baracche, o stavano chiacchierando, bevendo e fumando all'aperto. Abbiamo cominciato a girare e a parlare con le persone.

C'erano molti afghani – hazara, pashtun, tagiki – e poi iraniani, iracheni, pachistani, curdi, di tutte le età ma soprattutto giovani. Ho visto anche bambini di otto-nove anni. Tutti aspettavano di partire, un giorno o l'altro, con la nave. C'era un rubinetto solo, dove i profughi andavano a lavarsi e l'acqua scorreva per terra. Non c'erano toilette, si faceva tutto all'aperto, dietro gli alberi.

Sadiq

A un certo punto, in una baracca di cartone coperta di nailon, ho trovato un hazara che conoscevo, un ragazzo di diciotto anni di nome Sadiq. L'avevo incontrato a Istanbul, nel secondo appartamento, ed era partito per la Grecia con uno dei viaggi in gommone. Ci ha invitato a fermarci da lui quella notte, ci ha cucinato qualcosa da mangiare su un fornello elettrico che aveva recuperato tra i rifiuti in città, e dopo cena abbiamo chiacchierato a lungo.

Ci ha raccontato che viveva lì da due mesi e che in quel campo c'erano circa centocinquanta profughi. Ogni sera qualcuno tentava la partenza: alcuni, molto pochi in realtà, ce la facevano, gli altri tornavano indietro o finivano per un po' di tempo in carcere. C'erano profughi che erano lì da tre o quattro anni, altri, invece, erano arrivati da pochi giorni.

Alcuni riuscivano a trovare dei lavori stagionali nelle campagne, o a giornata. Andavano la mattina presto in una piazza di Patrasso, dove chi aveva bisogno di manodopera passava a reclutare braccianti e operai. Molti stavano ad aspettare fino alle nove o alle dieci e poi tornavano al campo perché nessuno li aveva chiamati, dopodiché passavano la giornata a bere e a fumare. Per questo, ci diceva Sadiq, molti si rovinavano. Ogni tanto le associazioni umanitarie della Chiesa cristiana distribuivano dei viveri.

Sadiq non voleva fermarsi in Grecia e provava quasi ogni sera a entrare nel parcheggio dei tir, ma fino a quel momento gli era andata male: in quei due mesi non era mai riuscito a intrufolarsi, era stato sempre scoperto e una volta anche arrestato. La polizia l'aveva picchiato ed era finito in prigione per due settimane. Quando l'avevano rilasciato era tornato al campo.

Abbiamo dormito nella sua baracca e al mattino, verso le otto, ci siamo salutati e abbiamo preso l'autobus per Lapas promettendo a Sadiq che se fossimo tornati al campo saremmo passati a vedere se era ancora lì.

Pomodori

A Lapas l'autobus ci ha lasciato in paese e noi siamo andati a piedi in una casa in mezzo alla campagna seguendo le indicazioni che ci aveva dato Nabi.

Era un piccolo edificio a due piani: al primo viveva la padrona, una donna abbastanza in là con gli anni; al secondo ci siamo sistemati io e Karim. Poco lontano c'erano altre due case dove erano alloggiati gli altri lavoratori stranieri che lavoravano con noi. In una c'erano quattordici afghani hazara, giovani e adulti; nell'altra un gruppo di quindici tra rumeni, bulgari e albanesi, anche loro di tutte le età. Ricordo che c'era anche una donna rumena incinta che era lì con il marito.

Il padrone della campagna era un greco, accompagnato da due figli giovani che sorvegliavano il nostro lavoro. Alle quattro e mezzo del mattino dovevamo essere pronti. Il padrone arrivava con un furgone e suonava il clacson. Io e Karim salivamo a bordo insieme agli afghani che vivevano nell'altra casa e dopo dieci minuti arrivavamo nei campi. Poi il padrone tornava indietro a prendere gli altri braccianti.

Lavoravamo sei giorni alla settimana, dall'alba fino alle sei di sera. Le ore centrali della giornata erano le più pesanti perché il sole era cocente. Cercavo di ripararmi con un cappello che avevo comperato nel negozio del paese. A mezzogiorno mangiavamo un pomodoro e del pane che avevamo comperato il giorno precedente nel negozio dove andavamo a fare la spesa dopo il lavoro.

Ogni tanto Karim e io prendevamo dell'uva che stava maturando in una vigna accanto alla nostra casa, ma dovevamo stare attenti che non ci vedesse la vecchia padrona perché si arrabbiava e ci sgridava. Ci preparavamo da noi i pasti e dovevamo tenere puliti gli ambienti dove abitavamo.

Abbiamo lavorato nella raccolta dei pomodori per tre mesi, dal 20 maggio al 20 agosto.

Cinquanta centesimi

Eravamo pagati a cottimo: cinquanta centesimi per ogni cassetta che riempivamo. Io riuscivo a riempire una settantina di cassette in un giorno e arrivavo così a guadagnare anche 35 euro al giorno, ma c'erano persone che riuscivano a riempirne anche 100, 110.

Karim mi diceva di stare attento a non esagerare perché se mi fosse venuto mal di schiena non avrei più potuto lavorare.

Ciascuno aveva la sua fila di pomodori da raccogliere, lungo la quale erano disposte le cassette vuote. Dovevamo sradicare la pianta e scrollare i pomodori nella cassetta.

I due figli del padrone passavano ogni tre o quattro ore a contare le cassette e a prendere nota. Poi le rovesciavamo nel rimorchio di un trattore e loro, quando il cassone era pieno, portavano il trattore in una fabbrica non lontana dove i pomodori venivano lavorati.

Erano bei pomodori rotondi, buonissimi. Il lavoro era pesante e la sera eravamo sfiniti, anche perché faceva molto caldo e il sole picchiava forte.

Alla fine della settimana il padrone ci dava la paga. Noi lavoratori che dormivamo nella baracca spendevamo insieme 200 euro al mese per l'affitto, acqua e luce incluse, che consegnavamo alla vecchia padrona. Inoltre dovevamo comperarci da mangiare e qualche indumento. C'erano poi le altre spese per la casa, l'autobus, e qualcosa per il tempo libero. E si aggiungevano le solite spese del telefono.

La domenica telefonavo ad *amma* Hava e a Zaher da una cabina telefonica, con una scheda internazionale di cinque euro con la quale parlavo anche quaranta minuti.

Alijan ogni settimana mi chiamava sul telefonino di Karim. Né lui né Zaher sapevano che lavoravo. Dicevo loro che non partivo perché era difficile prendere la nave e dovevo aspettare. Se avessero immaginato che facevo quel lavoro pesante mi avrebbero spedito dei soldi per affrettare la mia partenza, ma io non volevo che mi mandassero altro denaro. Ero stato già tre mesi a Istanbul senza lavorare, e adesso ero deciso a guadagnarmi il necessario per affrontare il viaggio verso il Nord Europa.

Comunque, soldi ne avanzavo pochi alla fine del mese, e nemmeno Karim riusciva a mettere molto da parte.

La domenica eravamo liberi. Potevamo dormire di più, facevamo le pulizie di casa e lavavamo la biancheria. Ci restava anche il tempo per giocare a pallavolo con gli altri ragazzi afghani o andare a fare qualche giro. Una domenica siamo andati con l'autobus a Patrasso a chattare in un *phone center* e siamo ritornati al campo profughi a trovare Sadiq. Abbiamo parlato ancora con lui dei diversi modi in cui si poteva tentare la fuga. «Quando deciderete di partire, passate di qui che, se non sono ancora riuscito ad andarmene, vengo con voi» ci ha detto.

Strategie di fuga

Io e Karim discutevamo spesso dei sistemi di fuga di cui ci aveva parlato Sadiq.

Il primo consisteva nell'introdursi di nascosto nel parcheggio dei tir che aspettavano di imbarcarsi su una nave diretta in Italia, senza farsi vedere dai poliziotti e dalle telecamere che controllavano giorno e notte l'area di sosta. Bisognava scegliere un tir che andava in Europa e quindi si doveva stare attenti alle scritte e alla targa, e verificare che ci fosse la corona di stelle, simbolo della Comunità europea. Una volta individuato il camion giusto, ci si legava sotto e si aspettava che venisse imbarcato sulla nave, che di solito partiva prima della mezzanotte.

Era il sistema che aveva utilizzato Zaher e che volevo

usare anch'io. Il rischio di essere presi, picchiati e magari tenuti in carcere era molto alto, ma una volta che fossimo riusciti a infilarci sotto il tir, i rischi erano pochi. O almeno così si diceva. Questo era anche il sistema che non costava nulla ma Karim non ne era per nulla convinto.

Un'altra possibilità era pagare 400 euro a dei ragazzi, lì al campo, che erano al servizio di un'organizzazione di contrabbandieri. Ci avrebbero pensato loro a farci arrivare al tir; poi avrebbero aperto un camion di quelli coperti con un telone e l'avrebbero richiuso una volta che fossimo saliti.

Karim e io avevamo escluso fin dal principio questa soluzione, perché c'era il rischio di essere scoperti in caso di ispezione del camion e per giunta era previsto il pagamento in anticipo, senza nessuna garanzia di partire.

Il terzo sistema era pagare l'autista di un tir che ci avrebbe nascosto bene nella cabina di guida. Questi uomini passavano ogni tanto per il campo profughi a domandare se qualcuno voleva partire con loro per l'Italia. Chiedevano 1.500 euro. Zaher mi aveva fortemente sconsigliato questa soluzione. «C'è il rischio» mi aveva detto in una delle nostre telefonate, «di morire soffocati, perché gli autisti ti rinchiudono in uno spazio strettissimo ricavato all'interno della cabina, per evitare che la polizia ti scopra.» Si sapeva di persone che erano morte per mancanza d'aria.

Ho discusso a lungo con Karim di questi diversi sistemi, ma non riuscivamo a metterci d'accordo.

Alla fine abbiamo deciso che saremmo partiti in

modo diverso: io legandomi sotto un tir, lui pagando un autista per essere nascosto in cabina. I suoi genitori gli avevano fatto arrivare i soldi necessari, e lui era deciso. «O arrivo in Italia o muoio» mi aveva detto.

La sacca

L'estate stava finendo, non faceva più tanto caldo ed era il momento giusto per tentare la sorte. Si stava anche passando dalla raccolta dei pomodori a quella dell'uva, ma noi non volevamo più continuare.

Così il giorno prima della partenza abbiamo avvisato il padrone della campagna e la padrona di casa, cui abbiamo pagato l'ultimo affitto, e ci siamo velocemente preparati: non c'erano molte cose da fare.

Ad Atene, su consiglio di Zaher avevo comperato una sacca con una cintura allungabile che altrove non era facile da trovare e che mi sarebbe servita sia per portarmi dietro qualcosa per il viaggio sia per legarmi al tir. Zaher l'aveva usata, e aveva funzionato. Nella sacca ho messo una maglietta, un paio di pantaloncini, uno shampoo e una bottiglietta d'acqua. E anche un paio di pantaloni della tuta da ginnastica perché pensavo che anche quelli mi sarebbero potuti servire per legarmi meglio al tir. Gli altri miei indumenti li ho regalati agli afghani che avevo conosciuto lì. Ho nascosto i soldi che avevo, poco meno di 500 euro, nella cucitura dei pantaloni, come sempre.

La sera del 20 agosto 2005 siamo arrivati a Patrasso

con l'autobus e ci siamo recati al campo profughi da Sadiq. Lui ha detto subito: «È il momento giusto per partire. Vengo anch'io».

Io avevo fame e volevo mangiare qualcosa, ma Sadiq mi ha risposto che non c'era tempo da perdere perché i tir salivano sulle navi prima della mezzanotte, a volte anche più di un'ora prima. Con noi sarebbero venuti anche altri due ragazzi hazara che erano lì al campo.

Ho salutato Karim, che si sarebbe fermato al campo e si sarebbe messo alla ricerca di un autista che offriva un nascondiglio a pagamento nella sua cabina, ci siamo augurati buona fortuna, e intorno alle 21.00 abbiamo lasciato il campo.

Il parcheggio

Dopo dieci minuti a piedi siamo arrivati al porto.

Ci sono sempre diverse navi attraccate e ciascuna ha davanti a sé un parcheggio, chiuso da una palizzata di ferro piantata su un muretto di cemento; l'ingresso attraverso il quale entrano i tir è sorvegliato dai poliziotti e dalle telecamere. La recinzione, alta circa tre metri, corre lungo tutta la strada e tra un parcheggio e l'altro. Dall'altra parte della strada ci sono alcuni grandi negozi e c'è sempre molta gente che gira.

Quelli che vogliono tentare il viaggio sotto il tir si piazzano vicino ai negozi e osservano i movimenti dei poliziotti di guardia, sia agli ingressi sia attraverso la palizzata di ferro, pronti a cogliere il momento buono per entrare in uno dei parcheggi. Stanno lì anche tutto il giorno e la sera per vedere se si presenta l'occasione, se un poliziotto si assenta un momento o si distrae, oppure semplicemente non controlla tutti quelli che entrano a piedi. Sadiq mi raccontava che lui aveva passato diversi giorni e sere ad aspettare. Ci aveva provato alcune volte, ma gli era andata male.

Ci siamo sistemati in prossimità dei negozi per osservare se c'erano dei tir adatti alla fuga e controllare il comportamento dei poliziotti. Sadiq conosceva benissimo tutte le navi che partivano per l'Italia.

Paura

In un parcheggio abbiamo individuato dei tir adatti e, vedendo che il poliziotto non controllava i documenti delle poche persone che andavano e venivano, abbiamo provato a entrare dall'ingresso. Siamo passati con naturalezza davanti all'agente di guardia e l'abbiamo salutato. Lui ha risposto al nostro saluto. Ma subito dopo è arrivato un altro poliziotto col bastone e noi ci siamo precipitati fuori.

Dopo questo tentativo fallito, gli altri due hazara che erano con noi hanno rinunciato per paura di essere presi e picchiati. Anche Sadiq era spaventato, perché gli era già successo, ma ha voluto riprovare con me una seconda volta.

Nel parcheggio vicino abbiamo visto dei buoni tir e una bella autocisterna, l'automezzo migliore per tentare la fuga perché sotto ha una specie di nicchia dove ci si può nascondere. Purtroppo le scritte sull'autocisterna erano in greco, segno che era diretta alle isole greche, non in Italia.

Se avessimo scelto quella, mi ha spiegato Sadiq, una volta entrati nella nave avremmo dovuto trovare un altro automezzo.

La nave attraccata a quel molo era molto grande e sarebbe partita alle 23.00.

Abbiamo aspettato un momento in cui non si vedeva il poliziotto di guardia all'ingresso e abbiamo scavalcato la palizzata, ma appena abbiamo toccato terra è arrivato di corsa quello con il manganello e ci ha urlato una parolaccia in greco. Siamo risaliti velocemente sulla palizzata e siamo ritornati in strada. Io sono stato sveltissimo, ma Sadiq per poco non è stato afferrato alle gambe dal poliziotto.

Era spaventato. Allora mi ha detto: «Riprova tu, io ho troppa paura. Non voglio essere picchiato di nuovo. Ne ho già prese tante! Tornerò un'altra sera. Ma tu devi riprovarci adesso!».

«Torno al campo anch'io. Ho fame, sono stanco, riproverò domani» gli ho detto.

Ma lui insisteva: «È una bella autocisterna, quella. Riprova! Vediamo se puoi entrare in un altro modo. Ti aiuto, ma dobbiamo fare presto!».

Sadiq conosceva bene il posto. Quel parcheggio era l'ultimo della serie e finiva di fronte a un ristorante; tra il locale e la palizzata in ferro che recintava il parcheggio c'era un passaggio che portava al mare. Ci siamo intrufolati in quel passaggio senza farci vedere, e mentre il poliziotto all'interno del parcheggio guardava da un'altra parte io sono passato attraverso la palizzata in un punto in cui i pali di ferro erano allargati: fortunatamente ero piccolo e magro e riuscivo a passare. Sadiq mi ha fatto un cenno di saluto ed è ritornato sulla strada.

Strisciando per terra sotto i tir, sono arrivato all'autocisterna e mi sono infilato sotto. All'altezza degli assi delle ruote posteriori c'è una rientranza nel pianale della cisterna che forma una specie di nicchia. Mi sono sistemato in modo da avere le gambe appoggiate all'asse e la schiena in questa rientranza, poi mi sono legato all'asse con la cinghia della sacca e con i pantaloni della tuta e ho trovato anche un punto dove afferrarmi con le mani, come Zaher mi aveva insegnato.

E ho aspettato.

La corona di stelle

Dopo neanche dieci minuti ho sentito arrivare l'autista. L'autocisterna si è messa in moto ed è salita sulla nave. Ce l'avevo fatta per un pelo! Il garage era illuminato e si vedeva che era già pieno di automezzi. L'autocisterna si è fermata in fondo, vicino al punto dove era entrata. Evidentemente doveva sbarcare per prima, in una delle tante isole greche, come mi aveva detto Sadiq. Poi l'autista è sceso e se n'è andato.

Sono rimasto fermo in attesa che il traghetto partisse. Dopo circa venti minuti la nave si è messa in moto. Il rumore era molto forte e mi pareva che il motore fosse vicino. A quel punto dovevo cambiare automezzo e trovare un tir diretto in Italia.

Ho aspettato una mezz'ora, poi ho lasciato il mio nascondiglio e mi sono messo a strisciare sul pavimento. Sapevo che dovevo stare molto attento perché anche lì c'erano le telecamere di sicurezza. Mentre strisciavo ho visto che c'era un'altra persona che si stava muovendo come me sotto gli automezzi. Ci siamo guardati, ma nessuno ha detto una parola. Ho strisciato per una cinquantina di metri verso l'interno, in direzione della prua, perché lì sicuramente avrei trovato i tir diretti in Italia. Su un lato c'erano le automobili, sull'altro gli automezzi pesanti.

Finalmente ho trovato un camion con la scritta Europa e la corona di stelle: mi sono sistemato sotto quello e mi sono legato all'asse delle ruote posteriori. Lo spazio su cui ero appoggiato era decisamente inferiore a quello dell'autocisterna, sarà stato non più di venti centimetri. Però legandomi bene e afferrandomi con le mani agli appigli che avrei trovato sopra di me con tutte le forze che avevo, mi aveva detto Zaher, sarei stato sicuro.

Ho fatto la prova: mi sono legato bene e ho trovato gli appigli cui afferrarmi. Zaher mi aveva assicurato che avrei dovuto resistere una mezz'ora, al massimo un'ora, con il tir in corsa per strada, perché a un certo punto l'autista si sarebbe fermato per una sosta dopo il viaggio in mare.

Ma le cose sono andate diversamente...

In mare

Sono rimasto sotto quel tir sulla nave due notti e un giorno: dalle 23 del 20 agosto fino alla mattina del 22 agosto. Per tutto il viaggio sono stato accompagnato dal rumore dei motori e ogni tanto anche dalle oscillazioni delle onde. Nessuno è mai entrato dove erano parcheggiati i tir. Avevo paura a sdraiarmi per terra, perché se qualcuno fosse entrato e per qualche motivo avesse guardato sotto i tir avrebbe potuto vedermi. Ogni tanto lo facevo, ma solo per poco tempo, poi mi rimettevo sull'asse.

La nave si è fermata un'ora in un'isola greca, l'autocisterna e alcune automobili sono scese. Sentivo tutti i rumori, le voci, i passi delle persone, i motori che si accendevano, e speravo che la nave ripartisse in fretta perché avevo paura di essere scoperto.

Cercavo di dormire, ma non era facile. La mia bottiglietta d'acqua era già vuota e non avevo voglia di mangiare i biscotti. Avevo sete. Ogni tanto sentivo freddo perché indossavo solo una camicia.

Dovevo anche arrangiarmi in qualche modo per i miei bisogni.

Non facevo che pensare e mi dicevo: questa volta arrivo davvero in Italia! Arriverò a Roma anch'io, poi prenderò il treno per Milano, un altro per Parigi e quindi dalla Francia andrò in Inghilterra. Zaher mi aiuterà a trovare un lavoro e a riprendere gli studi.

Pensavo anche a Karim, chiedendomi se ce l'avesse fatta a partire. Ci eravamo separati con una promessa: «Ci ritroveremo, magari in Inghilterra!».

E pensavo a Sadiq, che era rimasto a Patrasso. Erano due mesi che provava a partire, e gli era sempre andata male. Io ero stato fortunato: ci ero riuscito al primo tentativo, ma senza il suo aiuto non ce l'avrei mai fatta! Mi dispiaceva moltissimo per lui. *Un giorno ce la farà anche lui*, ripetevo a me stesso.

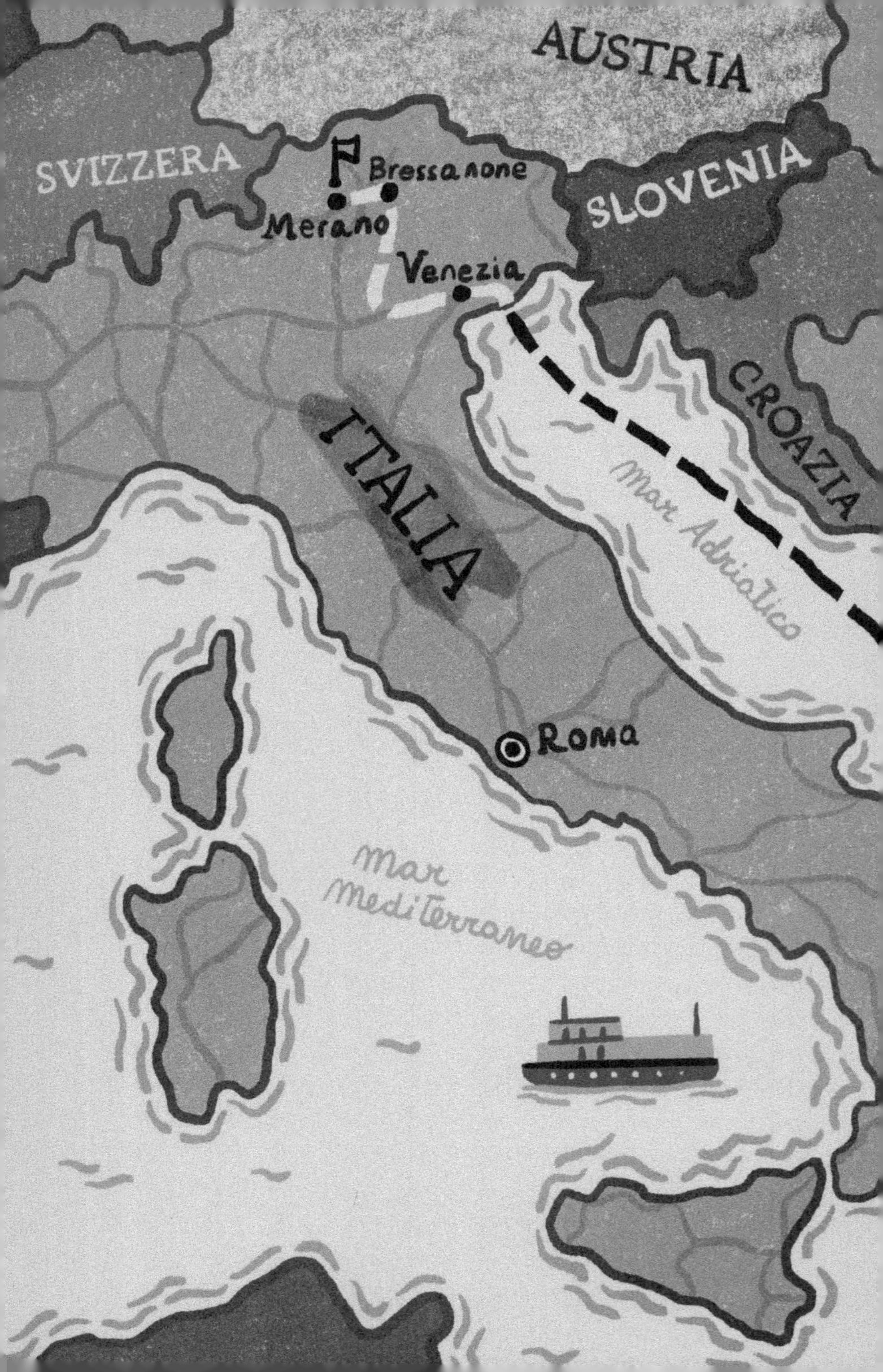
AUSTRIA
SVIZZERA
SLOVENIA
Bressanone
Merano
Venezia
CROAZIA
ITALIA
Mar Adriatico
Roma
Mar Mediterraneo

UNGHERIA
ROMANIA
IN ITALIA
BOSNIA
SERBIA
MONTE NEGRO
BULGARIA
MACEDONIA
ALBANIA
GRECIA
Patrasso
Mar Ionio
Mar Egeo

Sotto il tir

Finalmente, la mattina del 22 agosto 2005, la nave ha attraccato in un porto. Ho sentito i rumori, le voci, i passi degli autisti che salivano sui loro tir e sulle automobili. Quello era un altro momento delicato. Temevo i controlli allo sbarco, avevo paura che mi scoprissero e mi rimandassero indietro subito, con il primo traghetto che partiva. Sia Zaher che Sadiq mi avevano avvisato di stare molto attento al momento dello sbarco!

Quando il tir è uscito dal parcheggio della nave pioveva. In quel momento non avevo idea di dove fossimo sbarcati. In seguito ho capito che doveva essere Venezia, ma allora pensavo che fossimo vicini a Roma. Il tir si è fermato solo pochi minuti prima di rimettersi in movimento. Ho tirato un sospiro di sollievo: nessun controllo, ce l'avevo fatta! Adesso dovevo solo resistere.

Per un po' il tir ha viaggiato a bassa velocità. Poi si è fermato, forse a un semaforo. Stavo per slegarmi e scendere, ma è ripartito subito e se fossi sceso sarei finito schiacciato sotto le sue ruote o quelle degli altri automezzi. Vedevo che c'era molto traffico. Continuava a piovere, e gli spruzzi mi bagnavano tutto e mi arrivavano in faccia. Cercavo di tenere gli occhi e la bocca chiusi, e stavo aggrappato ai sostegni con tutte le mie forze. Mi ero legato bene, ma il tir sobbalzava e ogni volta era un brutto colpo alla schiena. Ero tutto indolenzito, ma tenevo duro sperando che l'autista decidesse di fermarsi per una sosta, come mi aveva detto Zaher.

«*Kumak! Kumak!*»

Invece il tir è entrato in autostrada e ha preso velocità. Io mi tenevo sempre più forte, ma il tir sobbalzava e vibrava, la mia schiena sbatteva sull'asse e l'acqua mi colpiva con spruzzi violenti in faccia. Ero terrorizzato. Mi sembrava di non farcela più e avevo paura che da un momento all'altro avrei perso la presa. *Adesso cado,* pensavo, *se non si ferma cado e finisco schiacciato sotto le ruote!*

Mi sono messo a urlare «*Kumak! Kumak!*», che vuol dire: «Aiuto! Aiuto!». Continuavo a gridare, ma nessuno mi poteva sentire.

Sapevo che se non volevo morire dovevo resistere. Gridavo con tutto il fiato che avevo: «*Kumak! Kumak!*», ma inutilmente. Il tir continuava la sua corsa sotto la pioggia. Ero disperato, fradicio, dolorante, eppure continuavo a tenermi forte, determinato a resistere. Maledicevo il momento in cui avevo ascoltato il consiglio di Zaher e mi ripetevo: «Ecco, dovevi andare con Karim! Finirai morto!».

Il tir ha continuato la sua corsa per circa quattro ore. Ogni tanto urlavo: «*Kumak! Kumak!*», pur sapendo che nessuno mi avrebbe sentito e che l'unica speranza era resistere. Non ha mai smesso di piovere. Se avesse proseguito anche solo un'altra mezz'ora credo che non ce l'avrei più fatta a tenermi. Sarei caduto e avrei fatto una brutta fine.

Salvo!

Finalmente il tir è entrato in un autogrill e si è fermato. Ce l'avevo fatta! Ero salvo! Avevo passato quattro ore lì sotto, altro che mezz'ora come mi aveva detto Zaher! Mi sono slegato e sono strisciato fuori. Tremavo e mi faceva male dappertutto: la schiena, le gambe, la testa. Ero bagnato e infreddolito. La pioggia era diminuita. L'autista mi ha visto, ma non deve aver capito che avevo viaggiato sotto il suo tir. Era un uomo sui trenta, quarant'anni, probabilmente un tedesco. È entrato nell'autogrill.

Io invece mi sono diretto verso un frutteto vicino. C'era un ruscello. Mi sono tolto i vestiti, tutti fradici e sporchi, mi sono lavato e ho indossato gli indumenti che avevo nella sacca. Erano bagnati anche quelli, ma almeno erano puliti. Avevo molta fame. Ho colto da un albero due mele rosse e le ho mangiate. Non erano ancora del tutto mature, ma mi sono sembrate buonissime: non mangiavo da due giorni!

Dopo, sono tornato sul piazzale e sono entrato nell'autogrill. Ho comperato una scatola di biscotti e una bottiglietta d'acqua pagando con gli euro: quelli invece erano asciutti perché erano ben chiusi in una custodia di cellophane dentro la cucitura dei pantaloni. Poi sono uscito e mi sono incamminato lungo l'autostrada. Ho visto anche un treno che passava non molto lontano.

Roma?

Ho percorso alcune centinaia di metri, prima che si fermasse una macchina del servizio autostradale e due persone con le casacche arancioni mi facessero capire che dovevo salire subito con loro e che non potevo camminare su quella strada.

Hanno cercato di parlarmi in inglese, in tedesco, in italiano, ma io non capivo. Ripetevo loro la frase in inglese che mi aveva insegnato Karim: «*Train station city to Rome, please?*».

Mi hanno accompagnato per un breve tratto, fino a un'altra stazione di servizio dove c'erano dei carabinieri. Mi hanno portato da loro e io ho fatto ai carabinieri la stessa domanda: «*Train station city to Rome, please?*». L'ho ripetuta un'altra volta per farmi capire. Loro mi hanno chiesto i documenti. Io non ho capito la parola "documenti" e ho pensato che volessero denaro, così ho tirato fuori i miei soldi, come ero abituato a fare con i poliziotti: 480 euro, tutto quello che mi era rimasto del lavoro in Grecia. Loro hanno dato un'occhiata alle banconote e me le hanno rimesse in tasca. Poi mi hanno detto di andare con loro: ero arrivato a Bressanone, non a Roma.

Bressanone

Quando siamo arrivati al Comando dei Carabinieri di Bressanone hanno cercato di parlarmi in inglese, ma io non capivo. Abbiamo comunicato a gesti, finché non ho detto il nome della mia città di provenienza, Ghazni. Loro hanno preso nota. Mi hanno fatto tante domande, cercando di farsi capire, usando l'atlante geografico e internet. Mi hanno preso le impronte digitali, mi hanno fotografato e hanno controllato nei miei vestiti e nella sacca se poteva esserci qualche indicazione sulla mia provenienza. Hanno anche controllato al computer le mie banconote. Tra i pochi oggetti che avevo con me c'era un flaconcino di shampoo che avevo comperato in Grecia, con delle scritte in inglese.

Ho dato loro il numero di telefono di un amico iraniano, Fazil, che avevo conosciuto a Istanbul e che in teoria abitava nella capitale: era l'unica persona che conoscevo in Italia e avevo intenzione di contattarla se avessi avuto bisogno di fermarmi a Roma. Ha risposto un'altra persona, che ha spiegato al carabiniere in italiano e a me in farsi che Fazil non era più lì perché era andato a vivere in Finlandia.

Al Comando sono rimasto quattro o cinque ore. I carabinieri sono stati molto gentili con me, mi hanno lasciato riposare su un divano e mi hanno chiesto se volevo mangiare qualcosa, ma io, dopo avere preso i biscotti, non ne avevo più voglia perché, dopo alcuni giorni senza cibo, non sentivo più la fame. Ero troppo debole, come altre volte mi era capitato nel corso del mio viaggio.

Merano

La sera di quello stesso 22 agosto mi sono ritrovato al Kinderdorf (villaggio del fanciullo) di Merano, dove mi hanno accompagnato in auto due carabinieri.

Pensavo ancora che mi avrebbero portato a Roma, invece in un'oretta siamo arrivati a Merano. Il paesaggio che vedevo tutto intorno era verde, ben diverso da quelli a cui ero abituato.

Siamo arrivati al Kinderdorf verso le otto di sera. Alle educatrici che mi hanno accolto, Agnes e Christine, hanno consigliato di tenermi d'occhio e di chiudermi a chiave di notte per precauzione. Ma questo è avvenuto soltanto quella prima volta.

Mi hanno fatto entrare nella stanza della televisione, dove c'era anche un divano. Dopo alcuni minuti è arrivato il responsabile del Kinderdorf di Bressanone, Roland, da cui dipende la casa di Merano. Ha parlato con le educatrici e poco dopo mi hanno messo davanti un atlante geografico per indicarmi sulla carta dov'ero arrivato e farmi segnare la città da cui provenivo e il percorso che avevo seguito per arrivare fin lì. Nel frattempo avevo riacquistato un po' di appetito e ho mangiato dei panini con il formaggio, perché gli altri avevano già cenato.

Parlavano in tedesco, ma io pensavo che fosse italiano, e non riuscivo a leggere i caratteri delle lingue occidentali. In Turchia e in Grecia era stato molto difficile perché non ero in grado di leggere nemmeno le indicazioni dei negozi o i nomi delle strade, e dovevo sempre chiedere a qualcuno o provare a indovinare. Anche per comprare qualche semplice prodotto dovevo basarmi sulle immagini. Spesso provavo l'umiliazione di non sapere leggere. La prima notte ho dormito sul divano, in quella sala, che è stata appunto chiusa a chiave: ma ho dormito bene, perché ero stanchissimo.

Il kinderdorf

Dopo qualche giorno mi è stata assegnata una stanza, una camera tutta per me, come per tutti gli altri ospiti di quella casa.

C'erano altri ragazzi più piccoli di me, di otto-nove anni, e io mi chiedevo: *Perché sono stato messo con questi bambini piccoli? Dove sono arrivato?* All'epoca ero convinto che mi sarei fermato lì per un po' e poi avrei proseguito il mio viaggio per l'Inghilterra.

Nei primi giorni comunicavo a gesti. Mangiavo e dormivo bene. Era ancora tempo di vacanza e si facevano delle uscite ogni giorno: ricordo che il primo siamo andati a giocare in un parco vicino, dove Christine e Agnes hanno portato una torta per merenda.

In occasione di queste gite attraversavamo in macchina il quartiere di Maia Alta, che ho così incominciato a conoscere, e ho adocchiato subito una cabina telefonica. Così qualche giorno dopo ho potuto comprare delle schede telefoniche e chiamare la zia e gli amici. Avevo consegnato i 480 euro che mi erano rimasti alle assistenti, che me ne davano pochi alla volta. Non avevo ancora trovato il *phone center* di via Carducci, dove si pagava di meno.

Ho telefonato ad *amma* Hava a Quetta: era felicissima di risentirmi e di sapere dove mi trovavo. «Prova a restare lì» mi ha detto, «e se poi non ti trovi bene va' in Inghilterra.»

Ho telefonato anche ad Alijan e a Zaher. Ho raccontato loro che mi avevano preso le impronte digitali, e Zaher mi ha detto che arrivare in Inghilterra sarebbe stato più difficile, adesso che avevano le mie impronte in Italia. Anche lui mi ha consigliato di restare dov'ero. Se mi fossi trovato male avrei potuto comunque raggiungerlo in Inghilterra in seguito.

Ho telefonato anche in Grecia, a Nabi, per dirgli che tutto era andato bene e ho saputo da lui che Karim era riuscito a trovare un passaggio per l'Italia due giorni dopo di me. Era partito nascosto nella cabina di un tir diretto a Roma, poi aveva proseguito in treno per la Svizzera, tingendosi i capelli per nascondere la sua provenienza. Non gli avevano mai controllato i documenti. Si era fermato in Svizzera, dove vive tuttora.

Che ci faccio qui?

In quei primi giorni a Merano ascoltavo soltanto, e mi facevo capire a gesti per le cose pratiche. I bambini piccoli non mangiavano molto, e io mi vergognavo a mangiare tanto davanti a loro, ma il cibo mi piaceva e finivo sempre tutto.

Ero anche molto preoccupato, perché non capivo cosa avrei potuto fare. Continuavo a chiedermi: *Cosa ci faccio io in mezzo a questi bambini piccoli?* Nei giorni successivi ho cominciato a comprendere qualche parola, anche se la lingua era molto difficile.

Una delle educatrici, Miriam, mi ha dato un quaderno dove io scrivevo una parola nella mia lingua, e lei scriveva accanto la stessa in tedesco e in italiano. Ho capito così che nel Kinderdorf si parlava tedesco, e mi è stato spiegato che è la lingua che si parla in Germania. Spesso andavo a fare la spesa con gli educatori, così ogni giorno imparavo qualche parola nuova in tedesco e in italiano. Uno di loro mi ha accompagnato anche a comprare pantaloni e magliette. La sera cercavo di guardare la tv, ma dovevo aspettare che i piccoli andassero a letto e si addormentassero. Potevo anche usare internet.

Il sabato e la domenica andavamo in piscina o in montagna o a rinfrescarci i piedi nel Passirio, il torrente che attraversa la città.

Dominik

Ho cominciato a capire in parte cosa potevo fare quando è venuto a trovarmi un mediatore arabo: non capivo tutto, ma lui è riuscito a spiegarmi che il Servizio sociale pagava per me e che potevo studiare. Non occorreva che andassi a lavorare. Ero contento solo in parte, perché mi sentivo a disagio non conoscendo la lingua: mi chiedevo come avrei fatto a studiare.

Ho potuto finalmente parlare di nuovo in farsi quando, dopo tre settimane, Elmar e Gerhard, due educatori del Kinderdorf, mi hanno accompagnato a Bolzano da un immigrato afghano che faceva il mediatore linguistico. E a quel punto, finalmente, molte cose si sono chiarite e lui ha potuto tradurre il mio racconto di come ero arrivato a Merano e delle mie origini. Mi ha spiegato, tra le altre cose, che in Alto Adige si parlano sia il tedesco che l'italiano, e questa situazione l'ho trovata simile a quella dell'Afghanistan, dove le lingue ufficiali sono il pashtun e il dari.

All'inizio dell'anno scolastico – io però ho cominciato a frequentare la scuola più tardi – i bambini piccoli sono andati via dal Kinderdorf e sono arrivati ragazzi e ragazze più grandi. Uno di questi, Dominik, aveva avuto un incidente con la bicicletta poco prima che io arrivassi, e quindi aveva la visita dal dottore due volte alla settimana. Con lui mi trovavo bene, anche se ogni tanto c'erano problemi quando guardavamo la televisione, perché lui voleva girare su un altro canale e per questo si litigava. Spesso mi tirava dei pomodori, allora una volta gliene ho tirato uno anch'io, ma l'ho preso in un occhio ed è finito in ospedale. L'altro ragazzo, Nawor, e le ragazze, Jasmine e Katja, tedesche dell'Alto Adige, parlavano tra loro, ma io non li capivo.

A scuola!

So che può sembrare strano, ma dopo due anni che non frequentavo più la scuola non vedevo l'ora di tornarci!

Chi l'avrebbe detto? Ormai avevo perso le speranze, ma mi sbagliavo. Ero contento di poter studiare ancora, perché così in futuro avrei trovato un buon lavoro, e magari sarei diventato un dirigente, come mio papà, che era istruito.

Ho iniziato a frequentare la terza media in lingua italiana alla scuola Luigi Negrelli quando gli altri avevano cominciato già da qualche settimana.

Prima di cominciare sono andato con Gerhard ed Elmar a presentarmi al dirigente scolastico, Antonio Umberto Riccò. Siamo entrati nell'ufficio e ho subito adocchiato un quadro alla parete con una scritta in arabo. Ho capito così che avevo a che fare con una persona che rispetta le diverse culture. Ho cercato di immaginare il suo compito nella scuola, ma me lo ha spiegato meglio Gerhard a casa, con un vocabolarietto persiano-tedesco. Io però ero un po' perplesso. *Perché mi hanno portato qui?*, mi sono chiesto vedendo dei bambini piccoli nei corridoi.

Ero preoccupato di finire in classe con loro, ma Gerhard mi ha tranquillizzato subito: avrei avuto compagni della mia stessa età; semplicemente l'ufficio del dirigente e la segreteria delle medie si trovavano nella scuola elementare.

La prima cosa che mi ha colpito era che i ragazzi a scuola non venivano mai picchiati, mentre nel mio Paese l'insegnante ci puniva fisicamente se si arrivava in ritardo, se non si facevano i compiti e se si facevano errori.

Qui era tutto bene arredato. Tutti erano gentili, professori e compagni, e quindi ero contento.

Gli educatori del Kinderdorf erano così disponibili

che mi parlavano in italiano, anche se non era la loro lingua, perché frequentavo una scuola in lingua italiana e volevano aiutarmi a impararla. Mi hanno persino comprato un dizionario tedesco-persiano e uno italiano-persiano. Per fortuna a scuola, in Afghanistan e successivamente in Pakistan, avevo imparato a consultare il vocabolario.

Il primo giorno di scuola non è stato facile. Elmar, l'educatore a cui facevo riferimento, mi ha accompagnato in aula mentre faceva lezione il professore di lettere, Marco Fontana, che mi ha presentato alla classe.

È stato gentilissimo, ma io avevo un po' di paura perché non capivo l'italiano e mi chiedevo come avrei fatto.

Mi sono seduto nel banco libero vicino a una ragazza.

Ho notato che, rispetto alla scuola che avevo frequentato in Pakistan, qui c'erano meno maschi e più femmine.

L'italiano e il tedesco

Dopo circa due mesi sono stato messo in banco con un ragazzo pachistano, Shoaib, con il quale potevo parlare in urdu, lingua che un po' conoscevo.

Legavo con tutti. Mi trovavo bene in classe, non si litigava e andavamo d'accordo. Oltre a Shoaib c'erano altri studenti stranieri, tra cui una ragazza indiana, Naavnet.

Durante la settimana frequentavo anche un corso di alfabetizzazione insieme ad alcuni dei ragazzi e ragazze stranieri di altre classi, anche loro da poco arrivati in

Italia, quindi per diverse ore ero in un'aula diversa, ma in realtà ho imparato a parlare soprattutto fuori dalla scuola, stando con i miei amici e compagni di classe e giocando con loro.

Mi piaceva la vita a scuola, anche se fin dal primo giorno mi sono reso conto che, pur avendo più o meno l'età dei miei compagni, ero diverso da loro per quello che avevo passato: loro non avevano mai avuto problemi per mantenersi, perché pensavano a tutto i genitori, mentre io avevo dovuto arrangiarmi e anche lavorare.

Mi sono presto abituato all'organizzazione della scuola: le diverse materie, i libri e quaderni che dovevo portare ogni giorno. Educazione artistica mi piaceva molto perché riuscivo bene nel disegno, e anche educazione fisica in cui ho ricevuto tre medaglie alle gare della scuola (calcio, corsa e salto in lungo). Matematica mi era sempre piaciuta, ma incontravo qualche difficoltà perché in Afghanistan l'avevo studiata in un modo diverso. Trovavo difficile il tedesco, che in questa scuola era la seconda lingua, e anche l'inglese. L'italiano invece mi sembrava più facile, ma forse me la cavavo meglio solo perché lo studiavo anche nei piccoli gruppi di alfabetizzazione.

Alla fine del secondo quadrimestre avevo "buono" in educazione tecnica, artistica, musicale, storia delle religioni; "distinto" in educazione fisica e "ottimo" in laboratorio di calcio.

Nella mia valutazione globale c'era scritto: "Ha fatto progressi per imparare l'italiano, partendo da zero. Il suo impegno costante gli ha finora permesso di riuscire a interagire". Non capivo il significato di queste parole, però mi avevano spiegato che voleva dire "bravo".

Dall'esame di licenza media sono uscito con "buono", dopo avere raccontato a tutti i professori, in italiano e un po' in tedesco, la mia storia, e mostrato loro le prime pagine di quello che poi sarebbe diventato il mio libro.

Primi passi in Italia

Mi sono ambientato presto nella città di Merano, che è molto piccola, ordinata e bella; l'aria è pulita e c'è tanto verde.

Ho ripreso l'abitudine di telefonare agli amici e alla zia ogni volta che potevo, usando così i 22 euro che ricevevo ogni mese dal Kinderdorf per le mie spese personali.

Giocavo spesso a calcio, mi allenavo con una squadra di Merano, e anche lì mi trovavo molto bene. Ho anche praticato altri sport, come il kick boxing, e andavo spesso alla mediateca di piazza della Rena, dove navigavo in internet cercando i siti in persiano, come quello della BBC o altri.

Nel 2006 ho iniziato a frequentare il primo anno per elettromeccanici della Scuola professionale per l'artigianato, l'industria e il commercio Guglielmo Marconi di Merano. Sarebbe durata tre anni e alla fine avrei ottenuto la qualifica professionale.

In seguito, se ne avessi avuto la possibilità, avrei potuto studiare altri due anni per ottenere il diploma.

All'inizio ho dimostrato di cavarmela discretamente con la comprensione dell'italiano e quindi sono stato inserito nel primo anno di corso, mentre i nuovi arrivati che ancora non conoscevano la lingua facevano un anno intero di alfabetizzazione.

La nuova scuola mi piaceva molto, perché era anche pratica e mi dava soddisfazione. Nella classe mi ero fatto molti amici, in particolare Ibrahim, che con la sua famiglia era venuto dall'Iraq, passando per altre città d'Italia, e abitava vicino al Kinderdorf.

Oltre a lui c'erano anche due albanesi, un serbo, un pachistano e un macedone: eravamo sette studenti stranieri su diciotto.

Nella classe eravamo tutti molto affiatati e mi trovavo bene sia con i professori a scuola, sia con gli educatori del Kinderdorf, che ci aiutavano e ci davano responsabilità. Noi eravamo autonomi nel fare la spesa, cucinare, tenere in ordine la nostra stanza, e a turno facevamo le pulizie del giardino e delle finestre.

La sera e la mattina

In quel primo periodo in Italia ho sofferto spesso di nostalgia, soprattutto nei giorni di vacanza. Provavo un senso di rabbia quando pensavo a come avevo perso i miei genitori. Cercavo di seguire quello che succedeva nel mio Paese, e soffrivo nel sentire continuamente notizie di guerra e di attentati. Ogni tanto pensavo: *Un giorno ritornerò! Ho la casa del mio papà e la campagna. Mi piacerebbe tornare a vivere nella mia casa.*

Mi mancavano le feste che si facevano in Afghanistan e i momenti di vita insieme.

Ogni tanto mi veniva in mente una poesia che avevo imparato a memoria in Afghanistan:

Il mio Paese,
il mio dolce Paese,
sempre guarderò a te,
la sera e la mattina.

Ogni tanto avevo occasione di incontrare altri afghani, in particolare a Bressanone dove in qualche fine settimana ero ospite di una famiglia hazara, ma ne avevo conosciuto qualcuno anche a Bolzano e a Merano. Per tenermi in contatto con i miei amici Karim, Zaher, Alijan andavo in un internet point a chattare e telefonare. Chiamavo ogni settimana anche *amma* Hava, a Quetta, e ogni tanto parlavo anche con mia sorella Malika Giamila.

Tutto sommato ero contento di me. Mi attirava ancora l'idea di studiare Giurisprudenza, ma intanto avrei imparato un mestiere, anche perché sapevo che presto avrei avuto bisogno di lavorare per mantenermi.

In quel periodo avevo scoperto le canzoni di un cantante hazara che si chiama Dawood Sarkhosh. Viveva in Austria, non lontano da Merano, ma prima era stato in Iran e poi in Inghilterra.

Le sue erano canzoni bellissime. Me ne piaceva una in particolare, che diceva così:

Il mio cuore ha conosciuto questo mondo.
Umani e disumani,
questi ha conosciuto il mio cuore.

LA MIA VITA QUI
E LA MIA TERRA
LONTANA

Alidad, oggi

Adesso ho trent'anni, vivo in Italia da più di quindici, ed è passato molto tempo da quando ho raccontato la storia che avete appena letto.
Sono arrivato a questo punto con tanta fatica, impegno ed entusiasmo, grazie a una solida rete di persone che mi sono state vicine lungo il percorso, ma anche grazie alla mia determinazione e tenacia. Con la dedizione e l'amore di tanti, mi sono sentito sostenuto e incoraggiato a realizzare il mio sogno di studio, che mi sembrava impossibile dopo la tragedia in Afghanistan. Questo Paese, anche se non sempre lo vediamo, è pieno di persone generose e volenterose, che sono in prima linea a portare umanità.

In questi anni ho imparato ad andare in profondità, anche nel cuore delle persone. Ho imparato che non è detto che chi lavora nel sociale sia per forza altruista; come non è detto che chi lavora nelle istituzioni, come le forze dell'ordine, non sappia esprimere una particolare sensibilità umana. Spesso ho trovato aiuto dalle persone più inaspettate.

Ho iniziato da capo il mio percorso scolastico come un bambino che apprende le prime lettere dell'alfabeto. Ho provato spesso la paura di non essere all'altezza, di fare brutte figure; mi è capitato di piangere da solo in camera perché di fronte a un compito che i miei compagni svolgevano in pochi minuti, io ci impiegavo molto di più. Ho vissuto così i miei anni di scuola media. Lo stesso è avvenuto alle superiori, con la differenza che mi sentivo più sicuro nelle lezioni pratiche di laboratorio dove mi era più facile mostrare le mie capacità. Particolarmente significativa è stata la presenza di un professore che si è impegnato a creare una sorta di comunità tra noi studenti e alcuni insegnanti: ricordo che abbiamo passato l'ultimo anno delle superiori organizzando gruppi di studio e fermandoci spesso la sera a scuola a mangiare la pizza. Ricordo il bellissimo clima di dialogo e collaborazione che ha fatto bene a tutti.

Dopo la maturità ho scelto di iscrivermi all'Università degli Studi di Trento, al corso di Filosofia con indirizzo Filosofia politica, etica e scienze delle religioni. Sapevo che stavo per lanciarmi in una nuova grande sfida. Mi intimoriva non avere una preparazione di base, dato che non avevo studiato latino e greco e neppure filosofia, e a lezione sentivo alcuni professori affermare che chi non aveva frequentato il liceo classico non aveva la preparazione giusta per capire gli argomenti trattati. Dentro di me sorridevo, dato che venivo da un percorso professionale. La mia profonda motivazione era di aprire la mente, perché questo tipo di studi mi dava l'opportunità di interrogarmi e riflettere sul senso dell'esistenza, oltre che scoprire nuove visioni di pensiero. Ho superato via via le difficoltà iniziali e mi sono appassionato alle letture e alle lezioni, ho trovato nuovi amici con cui studiare e professori sempre disponibili per chiarimenti e spiegazioni.

Mi sono trasferito a Trento e ho convissuto con nove studenti, ragazzi e ragazze che avevano aderito come me a un progetto della diocesi che ci incoraggiava a non chiuderci nelle nostre stanze, ma a studiare e a condividere momenti insieme. Si è creato così un clima felice: mi mettevo in gioco esprimendo la mia opinione, ma anche ascoltando e rispettando pareri diversi.

Durante gli anni di università ho iniziato a scrivere per i quotidiani locali articoli su argomenti di attualità quali l'immigrazione, l'integrazione, il rapporto tra le religioni, i diritti delle donne, i nuovi cittadini. Fare il giornalista ha rappresentato, e rappresenta tuttora, un modo importante per mostrare la mia partecipazione attiva rispetto alla società in cui vivo, andando oltre la logica del vittimismo per cui si compiange il povero profugo senza vedere in lui una risorsa importante per la comunità.

Da anni giro l'Italia per testimoniare chi sono i rifugiati, cosa vuol dire essere un rifugiato, ma soprattutto per dialogare con i giovani, ascoltando le loro domande e le loro perplessità. Attraverso il racconto della mia esperienza cerco di dar loro spunti per creare una società più umana e inclusiva. Non so se ci riesco davvero, ma il fatto che molti di loro mi scrivano lettere commoventi, e quando mi rivedono dopo anni mi riconoscano e mi salutino con affetto, mi conforta e mi incoraggia a continuare a seminare.

Studiare e vivere fuori casa ha un costo, per questo ho trascorso le estati dei miei anni universitari lavorando come cameriere, custode, lavapiatti, per riuscire a mantenermi in autonomia.

Da anni collaboro con UNHCR, l'agenzia delle Nazioni Unite per i Rifugiati, e attraverso i media, la presenza nelle scuole e nelle associazioni, do una mano a sensibilizzare le persone sul tema.

Con il sostegno di UNHCR, nel 2019 ho creato, insieme a un gruppo di rifugiati, l'associazione UNIRE, Unione Nazionale Italiana dei Rifugiati ed Esuli, che ha l'obiettivo di dare spazio e voce ai rifugiati, e di fornire consulenza alle istituzioni locali, nazionali e internazionali sui temi che li riguardano. Coltivo sempre collaborazioni con altre associazioni come Libera e Carta di Roma, che mi danno un grande arricchimento umano e culturale.

Con tanta fatica, accresciuta anche dalle restrizioni per il Covid, sono riuscito a laurearmi andando oltre il mio sogno: con la tesi *L'Afghanistan e la tragedia della politica* ho potuto approfondire ed esprimere le conoscenze, la passione e l'amore per la mia terra di origine. Il giorno della laurea è stato il più felice della mia vita, perché ero fiero del traguardo raggiunto, un traguardo che mi sembrava impossibile quando lavoravo di notte nella fabbrica in Iran, senza alcuna possibilità di studiare. E ho ripensato molto al drammatico momento in cui ero legato sotto il camion che mi portava in Italia, impegnato a lottare tra la vita e la morte. Mai avrei pensato di arrivare a laurearmi. Peccato solo aver discusso la tesi a distanza, ma non si può avere proprio tutto nella vita. Con la corona d'alloro sulla testa mi sembrava di sognare. Quando superi tante difficoltà per raggiungere un traguardo, provi un'enorme soddisfazione che ti incoraggia ad affrontare sfide ancora più grandi, perché ti rendi conto che dentro di te hai una forza che esce nei momenti in cui più ne hai bisogno, e non devi arrenderti al primo ostacolo. E ho capito che una vita senza sfide forse non è la mia vita.

Afghanistan, gli ultimi vent'anni

La questione afghana, di cui si discuteva già alla fine dell'Ottocento, è così complessa e sfaccettata che anche solo per riassumerla servirebbe un altro libro. Anche oggi che l'Afghanistan è al centro dell'attenzione internazionale è poco conosciuta e se ne parla superficialmente, senza tenere conto dei vari fattori e protagonisti che si intrecciano nella guerra infinita che ha devastato il Paese.

Di fronte ai recenti fatti drammatici, viene però spontaneo chiedersi che cosa abbia provocato quasi improvvisamente il totale cedimento della politica e del sistema militare, dopo che negli ultimi vent'anni c'era stata una ripresa di vita, di progettualità, di partecipazione.

Innanzitutto c'è stata una mancanza di leadership già all'inizio dell'occupazione dell'Afghanistan da parte delle potenze occidentali, nel 2001. La comunità internazionale ha trascurato la necessità di formare nel Paese una giovane classe dirigente, e ha puntato invece sull'addomesticamento dei signori della guerra, sul potere di etnie, clan e tribù, approfittando di conflitti interni e usandoli per obiettivi estranei al bene della popolazione. Così l'Occidente che appoggiava il governo afghano ha chiuso gli occhi sulla dilagante corruzione che continuava ad arricchire i vecchi signori della guerra, mentre buona parte del popolo pativa la fame e con l'acqua alla gola cercava di sopravvivere. A poco a poco, dunque, si è allargata la forbice delle differenze economiche, con la conseguente sfiducia del popolo verso i governanti.

Con la conferenza di Bonn, nel dicembre del 2001, alcuni politici afghani, anche in esilio, appoggiati dalla comunità internazionale, hanno istituito un nuovo governo provvisorio in Afghanistan con a capo Hamid Karzai: un governo che si reggeva all'inizio sulla democrazia, sul diritto del popolo afghano di scegliere liberamente il proprio futuro governo, sulla giustizia sociale, con la presenza di volti nuovi, soprattutto volti di donne, nella vita politica afghana. Tutta la popolazione era felice perché finalmente poteva tornare a respirare e vivere una vita normale dopo cinque anni drammatici in cui aveva dimenticato le piccole gioie della vita, come ascoltare musica, festeggiare anniversari, compleanni, matrimoni o andare a fare gite con la famiglia e gli amici.

Uno degli aspetti positivi di questi vent'anni è stato l'assaggio della democrazia da parte di tutti gli strati della popolazione, uomini e donne, ricchi e poveri, nonostante questa esperienza avvenisse soprattutto nelle città perché i villaggi restavano emarginati. In particolare, è stato molto importante il ritorno della libertà di stampa e di espressione: sono nati tanti nuovi giornali grazie all'impegno di giovani giornaliste e giornalisti che si sono messi in gioco dando il meglio delle proprie capacità, arrivando a ottenere molti premi internazionali.

Un altro esito positivo della Conferenza di Bonn è stata l'istituzione della Commissione per i Diritti Umani in Afghanistan, che ha iniziato subito a operare in 34 province, con un lavoro che in vent'anni ha registrato molti alti e bassi, visto che si occupava anche dei crimini contro l'umanità perpetrati dai signori della guerra e da personaggi molto influenti. Inoltre, sempre in questo periodo, il sistema sanitario è stato rafforzato con la creazione di ospedali che hanno permesso la significativa diminuzione della mortalità infantile e delle donne per parto.

Si è diffusa la scolarizzazione, soprattutto per le ragazze che prima ne erano totalmente escluse e in questo ventennio hanno potuto accedere all'istruzione superiore, all'università e al mondo del lavoro con qualifiche importanti. Sono state costruite nuove infrastrutture come strade, scuole, università, biblioteche, convitti per studenti e studentesse. Alla base di queste opere c'era la nuova Costituzione che, almeno sulla carta, garantiva i diritti fondamentali per uomini e donne e la loro uguaglianza.

Finalmente c'erano di nuovo delle libere elezioni democratiche, almeno in apparenza, e potevamo scegliere i nostri rappresentanti. Ma a poco a poco, con il passare del tempo, i rischi che correvamo nell'andare a votare sono aumentati: gli attentati davanti alle sedi elettorali sono diventati più frequenti; addirittura, dato che il voto avveniva intingendo un dito nell'inchiostro, che rimaneva per un po' di tempo, tornando dai seggi si rischiavano ritorsioni da parte dei talebani, che arrivavano ad amputare le dita di chi aveva votato. Così, se all'inizio le persone erano coraggiose e ottimiste, fiere di partecipare alla rinascita di un processo democratico, nel corso degli anni le elezioni sono diventate sempre più caratterizzate da brogli, frodi, inganni e menzogne. Di conseguenza gli afghani nelle ultime elezioni libere (2019) sono stati costretti a scegliere il male minore tra i due candidati alla presidenza. Questo fatto ha generato nella popolazione un grave calo di fiducia e quindi di affluenza elettorale.

Era come se un tarlo piano piano distruggesse tutte le conquiste importanti.

Karzai, che è stato presidente dal 2004 al 2014, non ha mai preso le distanze dai talebani, anzi li chiamava "i nostri fratelli scontenti"; come primo responsabile dell'esercito non ha mai ordinato di combatterli sul serio, anche se all'inizio aveva almeno creato un esercito su base meritocratica, coinvolgendo tutti i gruppi etnici. Anche i Paesi della NATO guidati dagli Stati Uniti hanno chiuso gli occhi sulle roccaforti dei talebani in Pakistan, pur sapendo che da lì venivano architettati e partivano i sempre più numerosi attentati in Afghanistan.

Camminando per Quetta, già diciotto anni fa si potevano notare i palazzi dei vari uffici talebani che in quella città avevano anche il loro più grande Consiglio (*Shura*). Non sarebbe stato difficile combatterli se solo lo si fosse voluto.

All'inizio del 2012, quando il Qatar ha permesso ai talebani di aprire un ufficio politico dando loro legittimità, nessuna voce internazionale si è levata per protestare. Anche quando il governo americano presieduto da Trump nel 2018 ha fatto pressioni sul governo afghano affinché rilasciasse 5.000 prigionieri talebani, c'è stato silenzio totale da parte dell'Occidente. Eppure si trattava di persone incarcerate per crimini legati al terrorismo. Inoltre, il presidente Ashraf Ghani, eletto la prima volta nel 2014, negli ultimi tre anni di governo ha trasformato profondamente l'esercito nominando nuovi dirigenti che erano solo di etnia pashtun e del suo clan, cacciando alti dirigenti di altre etnie, dando all'esercito un'impronta di nepotismo, togliendo del tutto la meritocrazia. Non solo i capi dell'esercito, ma anche i governatori di varie province sono stati sostituiti da suoi uomini di fiducia. Con lui il sistema di governo è diventato in pratica una dittatura, perché ha tolto tutti i poteri ai suoi due vice, l'uno di etnia tagika, l'altro hazara, mentre ai suoi due consiglieri è stata data la possibilità di scavalcare tutti i ministri e gli stessi due vice.

Da questo scenario si capisce come mai nell'agosto 2021 i talebani, in soli undici giorni, siano riusciti ad arrivare fino a Kabul senza quasi incontrare resistenza. Dei due fronti di difesa militari uno si trovava a Herat, al confine con l'Iran, l'altro a Mazar-i Sharif, nel Nord, ai confini con l'Uzbekistan. In risposta all'attacco dei talebani a Herat si è subito formato un fronte di resistenza civile guidato da Ismail Khan, ex presidente della provincia, formato da tanti uomini e donne disposti a combattere con l'esercito contro i talebani. Ma erano equipaggiati solo di armi leggere, e dopo aver terminato le munizioni non hanno ricevuto rifornimenti dall'esercito, che a sua volta, il 12 agosto, si è consegnato ai talebani senza combattere, mentre la popolazione civile resistente è stata arrestata. Lo stesso scenario si è verificato a Mazar-i Sharif, dove i due leader della resistenza, uno uzbeko, Dostum, e l'altro tagiko, Ata Noor, hanno combattuto per dieci giorni chiedendo alla fine rifornimenti di armi e ricevendone in spregio senza proiettili. Il 14 agosto anche questa città è caduta nelle mani dei talebani. Il giorno dopo, 15 agosto 2021, la stessa sorte è toccata alla capitale, Kabul, e il presidente Ashraf Ghani è fuggito in elicottero prima in Uzbekistan e quindi negli Emirati Arabi.

Così, grazie alla grande complicità dei poteri istituzionali creatasi negli anni precedenti, i talebani hanno preso il potere e sono andati in fumo tanti sogni di giovani, donne e uomini, che studiavano e lavoravano con impegno per costruire una società diversa e un mondo più giusto.

Ora le minoranze etniche, insieme a molti di coloro che hanno collaborato con le organizzazioni internazionali nel campo dei diritti umani, della cultura e dell'informazione, stanno perdendo tutto: il lavoro e con esso la dignità, la propria identità, i diritti conquistati. I giornalisti afghani che continuano a documentare quanto sta avvenendo vengono arrestati e torturati; in un solo mese hanno chiuso 153 tra giornali, radio, tv e siti di informazione.

I palazzi che erano simbolo di speranza, come quello del Ministero per gli Affari femminili e quello della Commissione indipendente per i diritti umani dell'Afghanistan, hanno cacciato chi vi lavorava e ora vengono usati per scopi opposti.

Le donne stanno pagando il prezzo più alto: quelle che studiavano non studiano più e sono scomparse dalla vita pubblica; le vedove di guerra che lavoravano per mantenere i figli sono state licenziate. Le donne sole non possono svolgere un lavoro dignitoso, e sono costrette a chiedere l'elemosina per le strade delle grandi città. I giovani e le giovani che avevano cominciato a studiare nelle università vedono interrotti i loro progetti di vita, mentre i figli dei talebani studiano nelle migliori università del mondo.

Non ho idea di quale sarà lo scenario futuro, ma un fatto è certo: la società afghana non è quella di venti anni fa, le giovani e i giovani istruiti non sono certo disposte e disposti a rinunciare alle conquiste ottenute a prezzo di tanti sacrifici. Sarebbe bene che noi tutti dall'Occidente sostenessimo queste persone, che possono combattere l'analfabetismo, il maschilismo, il fondamentalismo anche religioso.

Le donne afghane, ieri e oggi

Nella storia dell'Afghanistan, le donne hanno sempre faticato a vedere riconosciuta la loro dignità e identità, basti pensare che di fatto non hanno nemmeno un nome: o meglio, lo avevano – e lo hanno –, ma nella tradizione afghana è una vergogna sociale chiamare una donna per nome. Bisogna chiamarla con quello del marito, del padre, del fratello o del figlio. Spesso è un problema quando le donne non hanno un figlio maschio, perché la gente prova imbarazzo nel chiamarle con il loro nome o con quello delle figlie. Persino la nascita di una bambina in una famiglia è vista quasi come una sfortuna. Ricordo un nostro vicino che aveva otto figlie femmine: ogni volta sperava che arrivasse il maschio, e quando invece arrivava un'altra femmina picchiava la moglie dandole la colpa.

È importante però sapere che prima dell'insediamento al potere dei talebani nel 1996 non era così: molte donne avevano un ruolo attivo nella vita politica, economica, culturale e sociale del Paese.

La Costituzione afghana – calpestata dalla successiva occupazione dei talebani – assicurava l'uguaglianza di tutti i cittadini, senza distinzione di genere. Tuttavia, tra la "costituzione formale", scritta, e la "costituzione materiale", quella di fatto praticata, c'è sempre stato un grande divario, tanto che lo Stato attuava programmi specifici per l'istruzione delle donne.

Uno dei problemi più significativi che hanno sempre afflitto la popolazione femminile dell'Afghanistan è quello dei matrimoni forzati, che costituiscono ancora oggi all'incirca l'80% del totale, cifra destinata a crescere ulteriormente sotto il governo dei talebani. Sono molte le bambine che a dodici anni si trovano costrette a sposarsi con uomini anziani. La causa principale è l'estrema povertà, insieme alla mentalità maschilista che considera la donna una proprietà. La situazione è destinata ad aggravarsi per la *sharia* imposta dai talebani. La *sharia* è "la legge sacra" che contiene i comandamenti della volontà divina applicati a ogni circostanza dell'esistenza. È la legge secondo la quale Dio vuole che vivano i musulmani. Si tratta di una guida che abbraccia ogni aspetto della vita e dell'agire dell'uomo, che alla fine del suo percorso terreno potrà così ricongiungersi con Dio, e comprende l'insieme dei doveri religiosi, politici, giuridici, sociali, famigliari e privati dei fedeli musulmani. Non nasce dal consenso di un gruppo di persone, ma esprime la volontà stessa di Dio nella storia. Le fonti sono il Corano, la Sunna, l'Ijma, il Qiyas. Le prime due sono comuni per tutte le scuole teologiche, sunniti e sciiti, mentre le altre due sono aperte a diverse letture e i fondamentalisti le interpretano in modo molto radicale, in particolare nei confronti delle donne.

Nel settembre 1996 i talebani imposero il loro primo regime in Afghanistan e cominciarono un radicale processo di emarginazione delle donne dalla società. Le privarono di tutti i diritti fondamentali – il diritto di studiare, di lavorare, di uscire di casa da sole, e persino di ascoltare musica –, aggravando così la preesistente situazione di sottomissione femminile che la società tribale, influenzata dalla forte tradizione religiosa, tramandava da secoli.

Dopo l'occupazione, dal 1996 al 2001, le bambine potevano frequentare solo la scuola coranica, e ricordo che quando ero piccolo, per andare con la famiglia da una città all'altra dell'Afghanistan, mia madre doveva indossare il *burqa* per non creare problemi a se stessa e a mio padre.

Dalla fine del 2001 all'agosto 2021 c'è stato invece un cammino di faticose conquiste in favore delle donne afghane. Decine di istituzioni nazionali e internazionali hanno iniziato a difendere i diritti delle donne e a migliorare la loro situazione. Con la creazione di una serie di strutture, molte ragazze hanno avuto l'opportunità di studiare e promuovere le loro conoscenze scientifiche nonostante la misoginia dilagante. In questo modo è cresciuta la loro capacità intellettiva, che si poteva considerare la più grande conquista del Paese. Molte donne hanno trovato, grazie anche all'aiuto della comunità internazionale e alle organizzazioni umanitarie, un posto nella sfera pubblica, compreso il Parlamento, la Magistratura, i vari Ministeri, l'Università, l'imprenditoria, il giornalismo, la scuola, il sistema sanitario.

Una delle conquiste più importanti avvenute negli ultimi vent'anni è stato appunto il riconoscimento del ruolo della donna nella politica. Fino al 14 agosto 2021, sono entrate nella Camera dei deputati 68 rappresentanti donne provenienti dalle 34 province dell'Afghanistan, e altre 23 sono state elette al Senato. Nonostante il terrore causato dai quasi quotidiani attentati, nonostante la chiusura della società nei loro confronti, nonostante il Covid, le ragazze hanno continuato a studiare con ottimi risultati per partecipare al miglioramento della vita socioeconomica del Paese. Hanno sopportato tanti sacrifici con la consapevolezza che per loro studiare e lavorare rappresentava qualcosa di più di quello che rappresenta per la maggior parte degli studenti del mondo: significava affermare la propria dignità e la propria presenza visibile nella società.

Nell'agosto 2021 questo lungo cammino verso il riconoscimento della parità, dignità e diritti tra uomo e donna è stato brutalmente interrotto dai talebani.

La speranza è che non venga meno l'opposizione fatta soprattutto dalle donne che non vogliono rinunciare alle conquiste ottenute a prezzo di enormi sacrifici.

L'integrazione è possibile

La mia storia dimostra che inclusione e integrazione sono possibili se c'è la volontà di affrontare un lungo percorso non solo da parte di chi arriva, ma soprattutto da parte di chi accoglie. È importante che ci sia un accompagnamento fatto di ascolto e di sensibilità di fronte a ferite profonde, facili a riaprirsi, per chi ha subito sulla propria pelle pesanti situazioni di disumanità e assistito a violenze difficilmente immaginabili per chi vive in Occidente.

Dietro ogni persona c'è una storia e spesso quella di chi è arrivato da poco in Occidente è carica di sofferenze. Se solo ci avvicinassimo a fare qualche domanda con sincera curiosità e giusta attenzione, molto probabilmente ci ritroveremmo ad ascoltare lunghi racconti di torture e violenze di ogni tipo che gran parte di coloro che sono giunti da noi in questi tempi ha dovuto subire lungo il viaggio, oltre che nel Paese di origine.

Può sembrare un destino crudele che una persona fuggita dalla guerra debba percorrere un lunghissimo itinerario nello spazio e nel tempo per arrivare in Europa da sola, ad appena quattordici anni. Paradossalmente, nel mio caso ritengo sia stata una fortuna, perché in quanto minore non accompagnato ho potuto essere inserito in una struttura e in una scuola con altri coetanei e percorrere tante tappe di un lungo percorso di studi e di esperienze di vita, con gioie, delusioni e fatiche. La scuola è stata un motore che mi ha spinto in questa crescita umana e intellettuale, ma lo sono state anche le tante persone che meriterebbero di essere descritte più a lungo, persone che fanno un lavoro meraviglioso nel silenzio, lontano dai riflettori. Mi limiterò ad alcune parole, anche se è impossibile esprimere appieno la forza della loro presenza nella mia vita. Ma attraverso la mia testimonianza vorrei dare incoraggiamento – e forse anche qualche suggerimento – a insegnanti, dirigenti scolastici, educatori, studenti, assistenti sociali, forze dell'ordine, e in generale a chiunque incontri i nuovi arrivati.

Gli enti che gestiscono l'accoglienza, sia locali, sia nazionali e internazionali, dovrebbero aprirsi di più, ricercare un contatto più umano e sensibile con coloro che chiedono rifugio e cogliere la loro necessità e il loro desiderio di essere coinvolti in prima persona, per sentirsi utili e inclusi nella nuova comunità in cui si ritrovano a vivere. Mettere a disposizione strumenti che permettano ai nuovi arrivati di essere cittadini a tutti gli effetti, come più volte viene specificato nei primissimi articoli della Costituzione italiana, implica sicuramente dei costi, ma il loro ammontare sarà sicuramente minore rispetto all'attuazione di politiche che decidono di respingere piuttosto che accogliere. Solo così queste persone cominceranno a identificarsi come parte di un gruppo, cosa che permetterà loro di interessarsi alla realtà che li circonda, e che è la stessa degli altri membri della comunità, accorgendosi che i problemi sono comuni.

Nel mio caso quello di inclusione e integrazione è stato un cammino lungo e tutt'altro che facile. Mi è capitato moltissime volte di piangere di fronte alle difficoltà e di sentirmi a terra, però mi sono sempre rialzato, asciugandomi le lacrime e decidendo di andare avanti con ancora più coraggio.

Sedici anni fa, nel corso di alfabetizzazione organizzato dalla scuola media in cui mi avevano inserito, ho incontrato la professoressa Gina Abbate. Era un'insegnante appena andata in pensione che aveva dato la propria disponibilità come volontaria per seguire alunni stranieri arrivati da poco in Italia. Nella sua vita si è sempre impegnata per la pace e la convivenza di culture e religioni diverse e in tutti questi anni mi ha sempre sostenuto, anche nel mio percorso scolastico successivo. Per me è stata come una nonna che mi regalava preziosi consigli (e come una vera nonna si preoccupava che mangiassi in abbondanza!). È merito suo se il mio desiderio di raccontare la mia storia in italiano si è concretizzato. È stato un processo molto lungo e impegnativo, però intuivo che era importante non solo per me, ma anche per chi condivideva la mia esperienza eppure rimaneva senza voce. Gina mi ha sempre incoraggiato e spronato.

Anche la famiglia di Gerhard e Sabine con i loro bambini, Greta, Pia ed Erik, è stata fondamentale nel mio percorso di integrazione e formazione. Mi hanno accolto nella loro famiglia, offrendomi ascolto paterno e materno, mi hanno regalato momenti di svago e di nuova gioia. Mi hanno anche permesso di conoscere il mondo di lingua tedesca con le sue tradizioni e la sua cultura.

Anche il lavoro del mio preside, Antonio Riccò, è stato determinante nel mio percorso iniziale di formazione scolastica, e lo sono stati anche i professori e i compagni di classe che mi sono stati vicini e hanno reso la scuola non solo un luogo di apprendimento, ma soprattutto un laboratorio di umanità. L'ho sperimentato molte volte, come quando gli studenti della mia ex scuola media si sono messi a vendere merendine all'intervallo per sostenermi negli studi superiori.

Chi, dopo un lungo viaggio come il mio, arriva in un Paese come l'Italia, generalmente si trova da un giorno all'altro a contatto con una nuova realtà, una nuova cultura e abitudini differenti che per certi versi sembrano inconciliabili con il proprio stile di vita. L'inizio è sempre molto travagliato perché ogni singola situazione sembra ostile, e l'ostacolo più grande è sicuramente la lingua. Ed è ancor più difficile per un giovane o un adulto non più in età scolare. Sicuramente imparare a padroneggiare una nuova lingua è una delle conquiste più grandi nel processo di integrazione, ma se mancano gli aiuti che permettono all'individuo di acquisire tali conoscenze, si va nella direzione opposta: invece di progredire si attuerà un percorso inverso che non permetterà mai ai nuovi cittadini di diventare davvero parte della comunità e, al contrario, si attuerà una sorta di ghettizzazione dove la persona non sarà in grado di sviluppare una propria capacità critica, un proprio status, perché nel frattempo avrà accettato l'etichetta di immigrato che gli è stata attribuita.

Favorire la formazione linguistica, insomma, è un piccolo grande passo, a cui non si può più rimanere indifferenti all'interno di società ormai diventate multiculturali. Si tratta infatti di una grande risorsa da sfruttare per affrontare problematiche che di questi tempi sono di tutti e non solo di singoli individui. I nuovi cittadini possono aiutare la società accogliente, purché non li si guardi come oggetto di compassione, ma li si consideri nella loro dignità e unicità, come soggetti portatori di risorse da valorizzare per il bene di tutti. Fondamentale al riguardo è stata la mia esperienza universitaria, in particolare la vita comunitaria con studenti e studentesse provenienti da varie parti d'Italia, con mentalità e modi di vedere diversi. Per me è stata una palestra di vita dove ho potuto capire meglio le mie stesse attitudini e valorizzare le mie competenze. Ho imparato molto mettendomi in gioco nella convivenza con altre persone, dove ero considerato alla pari senza essere mai discriminato o emarginato. La vita quotidiana con i miei coinquilini, anche attraverso momenti di condivisione e scambio che sono universali, come il cibo e la musica, mi ha aiutato più di tanti discorsi. Mi sono sentito sempre accolto anche dalle loro famiglie, che ogni volta che ci facevano visita portavano le loro specialità: il primo che doveva assaggiare ero sempre io e non potevo limitarmi ad assaggiare, specialmente le prelibatezze della cucina del Sud, ma dovevo rimpinzarmi per fare loro onore, così la mia pancia cresceva e poi dovevo correre per smaltire.

Ringraziamenti

Guardando al mio già lungo viaggio nella nuova vita, alla mia crescita personale, alla varietà di esperienze da cui mi sento arricchito, voglio infine ringraziare le persone straordinarie che mi sono state accanto: ciascuna di loro ha avuto sul mio percorso un'influenza positiva, a lungo o in breve, che va al di là di quanto avrei mai potuto immaginare e sognare. Cito solo alcuni nomi, anche se sarebbero molto più numerosi quelli meritevoli di un particolare ricordo.

Innanzitutto grazie alla mia famiglia: Gerhard e Sabine, con Greta, Pia ed Erik, e l'ampio giro dei nonni, Berta, Sebastian, Florian e Hannelore, delle zie e degli zii, Trudi, Ulli, Hanni, Judith, Lisa, Karin, Doris, Raimund, Ida, Richard, Felix, che mi hanno dato il calore dell'accoglienza, e mi hanno accompagnato nel mio percorso nei momenti felici e in quelli difficili.

Grazie alla mia professoressa, Gina, che mi ha dato fiducia in questi anni e ogni tipo di sostegno; alla mia amica Silvia, che mi ha donato affetto e forza morale. Aggiungo i numerosi amici in ambiti diversi: Vincenzo Passerini che mi ha aperto la strada dell'editoria; Michele Doriggati e Luciana Zancanella, prezioso aiuto per i consigli anche medici; Antonio e Anja che dalla Germania mi hanno sempre a cuore; Alberto Faustini, che da direttore di quotidiani mi ha dato fiducia e mi ha avviato nel mondo del giornalismo; Alessandra Tisot, che mi ha aperto orizzonti globali; Adriano Oggiano, dirigente, amico straordinario e consigliere di fiducia nei miei passaggi; Filippo Grandi, che nel suo ruolo straordinario mi è stato vicino e nonostante i suoi grandi impegni si è premurato di scrivere la prefazione di questo libro; Gianni Magazzeni, anche lui con così grandi responsabilità di ampio respiro, che ha trovato del tempo da dedicarmi attraverso la sua introduzione; Carlotta Sami, con cui ho condiviso il cammino come voce dei rifugiati, nella sensibilizzazione e coscientizzazione per una società più equa; i miei professori della scuola e dell'università, in particolare Marinella Tomai, Simonetta Giovannini, Marco Schoepf, Paolo Pasciuto, Silvano Zucal, Salvatore Abbruzzese, Francesco Ghia; i miei amici universitari: Marta, Rosalba, Marco, Ilaria, Benedetta, Chiara, Giorgio, Federico, Anna, Nello, Elisa G, Alberto, Federica, Fabio, Stefania, Alice, Alessio, Federico T, Isabella, Giorgio R, Marta T, Elisa P.

Voglio ringraziare anche le persone delle istituzioni che mi hanno sostenuto: Cinzia Cellucci, dirigente della Polizia di Stato; Elisa Serafini, già assessora comunale; Paolo Ghezzi, già consigliere provinciale; Andrea Decarli, della diocesi di Trento; Carmen Prugger, assistente sociale; Barbara Gala, dell'UNHCR; Marinella Giupponi della PAT.

Un grazie particolare va agli amici afghani con cui ho condiviso molto nonostante le differenze etniche – Syed, Rahel, Dawood, Sohrab, Arif, Jamali, Ali – e agli amici nell'ambito delle mie frequentazioni di vita: Francesco Comina, Luca Fregona, Paolo Mantovan, Paolo Cagnan, Emanuele Giordana, Valentina Furlanetto, Fabio Abbate e Isabella, Norma, Angela, Francesca, Misa, Daniela.

Grazie a tutti voi che mi avete accompagnato e sostenuto in questo cammino. Chiedo comprensione a chi non ho nominato e cercherò di non dimenticarmi di voi.

Infine, grazie a chi ha lavorato dietro le quinte, soprattutto alle editor Giulia Rizzo e Alessandra Roccato che sono state collaboratrici fondamentali, insieme agli artisti che hanno curato la copertina e le mappe, per l'uscita del libro.

Indice

Questo volume è stato stampato nell'ottobre 2021
presso Rotolito S.p.A. - Milano